Urs Widmer

Ein Leben als Zwerg

Diogenes

Die Erstausgabe
erschien 2006 im Diogenes Verlag
Umschlagfoto von
Markus Weber

*Für Juliana,
für Lilly*

Veröffentlicht als Diogenes Taschenbuch, 2008

www.diogenes.ch
20/14/44/2
ISBN 978 3 257 23654 5

I

ICH heiße Vigolette alt. Ich bin ein Zwerg. Ich bin acht Zentimeter groß und aus Gummi. Hinten, so etwa im Kreuz, hatte ich einmal ein rundes Etwas aus Metall, und wenn mir jemand, ein Mensch mit seinen Riesenkräften, auf den Gummibauch drückte, pfiff es. Pfiff ich. Das Metallding ist aber längst von mir gefallen, und ich pfeife nicht mehr. Die Menschen – die Kinder der Menschen vor allem – denken, ich sei ein Spielzeug. Ein Spielzwerg. Sie haben recht, aber sie kennen nur die halbe Wahrheit. Wenn ein Menschenblick auf einen von uns fällt, auf einen Zwerg, wird er steif und starr und ist gezwungen, in der immer selben Haltung zu verharren. Eine Lebensstarre, die jeden von uns so lange beherrscht, als Menschenaugen auf uns ruhen. Sie überfällt uns eine Hundertstelsekunde bevor der Blick uns erreicht und verläßt uns ebenso sofort, wenn der Mensch wieder woandershin blickt. Ich habe dann die Arme am Körper wie in einer etwas nachlässigen Habtachtstellung und mache ein dummes Gesicht. Mein Mund steht offen, und meine Augenlider sind bis über die Mitte der Iris gesenkt. Wenn aber niemand schaut, sind wir

Zwerge äußerst fix. Wir können wie Irrwische durch Wohnungen sausen, Tischbeine hinauf, Tischbeine hinunter, wir gehen die glatten Wände hoch, wenn es sein muß. Es kommt vor – es *ist* vorgekommen –, daß uns ein Menschenblick trifft, wenn wir an einem Ort sind, an den wir ganz und gar nicht gehören. Dann erstarren wir eben dort, wir können ja nicht anders, und die Menschen betrachten uns nachdenklich und kratzen sich am Kopf und tun uns in die Spielzeugkiste zurück. Aber dann vergessen sie den Vorfall wieder, Zwerge sind nicht so wichtig für Menschen. – Zwerge sind unsterblich. Es soll welche geben, die tausend und zehntausend Jahre alt sind. Ja. Wir essen nicht, wir trinken nichts. Nichts rein, nichts raus, das ist unser Überlebensgeheimnis. Wir sind unsterblich: aber wir zerbröseln. Wenn einer von uns einmal zu lange in der Sommersonne liegt oder auf der voll aufgedrehten Heizung, beginnt der Gummi brüchig zu werden. Ich zum Beispiel bin übel dran. War mehrmals in den vergangenen Dezennien zu großer Hitze ausgesetzt, einmal zwei Stunden einem Heizstrahler, und nie wandten die im Zimmer herumtobenden Kinder so lange die Blicke ab, daß ich in eine kühle Ecke hätte weghechten können. Ein halber Schuh ist mir schon weggebrochen, und wenn ich mich jäh bewege, bröseln Gummibrocken an mir herunter. Es ist unter uns Zwergen – den klügeren unter uns – eine oft diskutierte Frage, wie lange man ein Zwerg ist, unsterblich, und wann man ein Haufen Gummistaub geworden ist. Ob man dann noch denken kann, fühlen, jubeln in ewiger Lebensfreude. Plötzlich einmal in tausend Stücke zu zerfallen, das könnte mir durchaus passieren. Dann lebe ich immer noch, bin aber meine Einzelteile geworden – hier die Nase, dort der Mund, fernab die Füße mit den anderthalb Schuhen. Die Putzfrau käme und wischte mich in ihren Müllsack.

ICH heiße Vigolette alt, weil ich ein violettes Jöppchen trage und der älteste der Vigoletten bin. Schon lange lebe ich mutterseelenallein (Zwerge haben keine Mütter) auf einem Regal, einem Menschenregal, hoch über dem Fußboden. Das Regal ist mehr oder minder leer, verstaubt, mit mir sind nur noch ein Zahnarzt aus angemalter Tonerde und sein ebenfalls toniger Patient, dem er mit einem Metalldraht einen Zahn ausreißt. Die beiden sind etwa gleich groß wie ich. Aber anders als wir Zwerge sind sie tatsächlich leblos, tönerne Volkskunst, auch wenn sie niemand anschaut. Ich sehe auch kaum mehr hin, sage nur hie und da, wenn ich *sehr* einsam bin, ein paar aufmunternde Worte zu ihnen. »Maul auf, dann geht's schneller«, zum Patienten, und zum Zahnarzt: »Nie gehört, daß es Dentalzangen und Anästhesiespritzen gibt?« Die beiden antworten mir nie, logisch nicht, sie sind aus Salvador de Bahía und dort in Massenhandarbeit hergestellt worden. – Sonst liegen auf dem Regal nur noch ein paar uralte Nadeln für 78-Touren-Grammophone herum, bei denen ich aufpassen muß, daß ich mir nicht ein weiteres Stück Gummi ausreiße, wenn ich auf eine trete.

AUCH die Namen der andern Zwerge gehorchten dem Muster, nach dem ich benannt bin. Rotsepp hieß Sepp und war rot, die Himmelblöe hatten alle drei himmelblaue Jacken an, und Lochnas alt hatte – sozusagen von Geburt weg, obwohl die Frage unserer Geburt ein weites Feld ist – ein Loch in der Nase. Allerdings steckte Grünsepp nur zu Beginn in einem grünen Anzug, später in einem gelben, und die Böse waren nicht im geringsten bös, sondern herzensgut und hilfsbereit; allenfalls ein bißchen knurrig zuweilen. Und Dunkelblöe, der Älteste und so etwas wie der geheime Chef dieser Zwergendemokratie, trug eine runde Hornbrille und hatte eine so tiefe Stimme, daß alle ihn für klug und weise hielten. Überhaupt die Stimmen. Wir Vigolette – neben mir waren da noch Vigolette neu und noch später auch Neu Vigolette – sprachen durch die Nase, ich tue das immer noch, obwohl mir die Nase längst weggebröselt ist. Wir klangen tatsächlich wie die Deppen – ich klinge auch heute noch so, nur, allein spreche ich kaum mehr –, und darum hielten uns die anderen für einigermaßen beschränkt. Ich *bin* beschränkt, o.k., aber da solltet ihr einmal die Himmelblöe oder die Lochnase sehen. Ich war immerhin der einzige, der *wußte*, daß er nichts wußte. Ich war der Klügste von uns und stritt mich immer mit Dunkelblöe herum, der darauf bestand, mehr als nichts zu wissen, nämlich etwas, und sein Etwas war zufälligerweise stets das, wovon gerade die Rede war. Das erklärte er uns dann, etwa, daß Katzen für Zwerge keine Gefahr darstellten, Hunde jedoch sehr wohl, weil sie die Neigung verspürten, auf uns herumzukauen. Trotzdem kam er dann einmal zwischen den Zähnen der Hauskatze ins Zimmer und schaute entschieden erbärmlich; das Menschenmädchen von damals befreite ihn und schimpfte, statt mit ihm, mit der Katze. – Wir Zwerge, alle siebzehn, waren einst zusammen, für ewig und so selbstverständlich, daß keiner je an eine Trennung dachte. Der Gedanke, dereinst allein zu sein, war undenkbar; hätte uns, hätte er uns auch nur gestreift, in eine Schreckensstarre verfallen lassen, gegen die die Spielzeugunbeweglichkeit ein weiches Ausruhen gewesen wäre. Und doch, irgendwie versprengte uns ein Schicksal, das ich bis heute nicht erfaßt habe, ich landete auf diesem Regal, in diesem Menschenzimmer. Hier lebe ich seither schier bewegungslos, obwohl mich nie, fast nie ein Menschenblick streift und ich stundenlang herumtosen könnte. Ich wage es einfach nicht, die gut zwanzig Zwergenlängen lotrecht zum Erdboden hinabzusteigen, die glatten Regalwände hinunter. Was, wenn ich beim ersten Schritt unten auf dem Parkett meinen andern halben Fuß auch noch verlöre? Einfüßig schaffte ich es nicht mehr in meinen Horst. Von hier aus habe ich sowieso einen guten Überblick.

ICH sehe: einen Tisch, eine Schreibmaschine darauf, viel Papier. Einen Stuhl. Ein Telefon. Das Fax, das so jäh loskeucht, daß ich immer erneut erschrecke, ruckelnd seine Meldung ausspuckt und, wenn diese endlich in dem Auffanggitter zur Ruhe kommt, kläglich pfeift, als rufe es um Hilfe. Links ist ein Regal voller Bücher, geradeaus ein Fenster, durch das ich so etwas wie einen Bambushain erahne – hie und da, selten, eine Amsel oder einen Spatz –, und rechts ein weiteres Regal mit roten, blauen oder gelben Ordnern. »Einnahmen«, »Ausgaben«, »Texte«, »Briefe«, »Verträge«. Ein Bild, das eine Siphonflasche zeigt, und ein anderes, auf dem ein Mann mit einer wie holzgeschnitzten Nase zu sehen ist. Gerümpel am Boden, das Grammophon zum Beispiel, das die Nadeln bräuchte, wäre es jemals in Betrieb, und ein Ständer mit zwei drei Dutzend 78-Touren-Platten. Ja, manchmal sitzt an dem Tisch der Mann, dem ich gehöre. Der mir gehört. Er ist mein Schicksal, ich bin seins. Ich weiß es, er nicht.

WENN ich es nicht zweifelsfrei wüßte, ich würde es nicht glauben: daß dieser alte Mann mit seiner Glatze, seinem bizarren Haargewusel auf den Schädelseiten (Putzwolle oder so was, grau), seinem Schnauz, seinen Tränensäcken unter den stier glotzenden Augen jener verwandelte Bub mit den schwarzen Wuschelhaaren und der hellen Stimme ist! Hätte ich nicht jeden Tag seiner Verwandlung miterlebt, ich schwörte bei Gott – Zwerge haben keinen Gott –, daß der da ein ganz anderer ist. Keinerlei Ähnlichkeit mit jenem Jungen, nicht *so* viel. Der da ist gewiß sterblich, das sieht ein Blinder. Seine Tage sind gezählt, die Wetten gehen nur noch, ob 300 oder 3000. Der kleine Junge wirkte durchaus so, als könnte er ewig bleiben. Ein Zwerg auch er, ein Riesenzwerg von allem Anfang an allerdings. Aber das blieb er nicht. Er wurde wahrhaftig ein Riese, ein durch die weite Welt pflügender Gigant, und tat Dinge, die mit mir gar nichts mehr zu tun hatten, obwohl er mich oft – später erst seltener – in seiner Hosentasche mitnahm. Mich zuweilen, mitten in seinem Erwachsenengetöse, heimlich mit den Fingern betastete. Er lärmte in Gaststätten herum und saß stundenlang in Flugzeugen. Trotzdem: ich war sein Liebling und bin es vielleicht immer noch. Warum sonst behielte er mich immer bei sich, in meinem Zustand!, während die andern Zwerge irgendwo in einer Schachtel auf einem Dachboden verrotten oder längst in der Abfalltonne gelandet sind, niemand mehr weiß wann, wo, mein großer Bub nicht, und ich schon gar nicht. Wer einen Zwerg der Müllabfuhr mitgibt, kann seinen Körper nicht töten; sein Herz sehr wohl. – Arme Kollegen. Sie haben es nicht verdient, daß der Bub, der einstige Bub, sie weniger liebte als mich, außer vielleicht Neu Lochnas, der ein Stinkstiefel war, ein mißgünstiger Neider, und immer das größte Stück vom Kuchen wollte, obwohl auch er wußte, daß wir Zwerge keinen Kuchen essen. Und natürlich Dunkelblöe, der meinte, das Pulver erfunden zu haben.

MEIN Bub, jetzt, als älterer Herr, sitzt hie und da an dem Tisch, barfuß, in kurzen Hosen und einem T-Shirt, und schreibt auf seiner Schreibmaschine. Er trägt dann eine Brille, eine ähnliche wie einst Dunkelblöe, die er immer wieder putzt, nicht weil sie schmutzig wäre, denke ich, sondern weil er nicht weiterweiß und die Zeit der Leere überbrücken will. Dann wieder tippt er wie ein Besessener, wie der rasende Roland, so daß die vollgeschriebenen Papiere nur so aus der Rolle fegen, tölpeligen Vögeln gleich durchs Zimmer flattern und irgendwo auf dem Parkett landen. Einmal, vor nicht allzu vielen Tagen, flog eins bis zu mir ins Regal und legte sich auf mich. Da lag ich, begraben für eine oder zwei Minuten, bis der Bub, der alte Mann, das Blatt wieder von mir weghob. »Na, Vigolette«, sagte er. »Wie geht's uns so?« Natürlich konnte ich ihm nicht sagen, wie es uns so ging – daß wir in einem beunruhigenden Tempo zerbröselten, wir zwei –, ich war ja spielzeugstarr, und Zwergenstimmen sind so leise, daß sie von Menschenohren, wenn überhaupt, nur gehört werden können, wenn diese direkt vor dem Zwergenmund sind. In so eine Lage kommen wir nie, mir jedenfalls ist es nie passiert; und ich wüßte dann vielleicht gar nicht, was sagen. Small talk mit einem Menschen, mit *diesem* Menschen, das wäre mir nicht möglich. Zwerge reden auch mit Zwergen Wesentliches, im wesentlichen. Ob mir aber mit ihm, so aus dem Stand, *der* Satz gelänge, der *alles* umfaßte? – Der alte Bub saß jetzt wieder am Tisch und las die eingesammelten Blätter. Er summte gutgelaunt vor sich hin. Endlich zerknüllte er sie und warf sie in den Papierkorb. – Nachts schläft er zwar in dem Zimmer, in dem er tagsüber arbeitet, aber in einem Zimmerteil, der meinen Blicken entzogen ist. Der Raum ist durch einen Treppenschacht in zwei Teile geteilt, und unter den Treppenstufen ist eben mein Regal, mit einer Holzwand gegen die Bettseite. Ich höre den Mann-Bub überall, sehr gut sogar, aber ich sehe ihn nur, wenn er im Zimmerteil mit dem Schreibtisch und dem Fenster ist. Ich höre ihn über mich hinwegpoltern, wenn er in den ersten Stock geht oder von dort nach unten kommt, spätnachts, und sich ins Bett legt. Es ist, als liege er direkt neben mir. Er wälzt sich, ich höre das Matratzenquietschen, er schläft ganz offenkundig nicht, obwohl er das Licht längst ausgemacht hat. Er flucht stundenlang vor sich hin. Wie soll *ich* da schlafen. Ich schimpfe dann zu ihm hinüber, so laut ich nur kann, viel zu leise immer noch für einen wie ihn. Manchmal spielt er Mundharmonika, Melodien wie »A sentimental journey« oder »Waltzing Mathilda«. Oder er stampft im Pyjama und mit einem finsteren Gesicht an mir vorbei, zur andern Tür hinaus, aufs Klo, das ich ebenfalls noch nie erforscht habe. Ich höre das Rauschen der Spülung, und dann kommt er zurück, kaum heiterer.

ÜBER unsere Ursprünge wissen wir Zwerge wenig. Nichts. Rotsepp behauptet steif und fest, es habe Ur-Zwerge gegeben, sieben Zwerge (aber wie sähe ein siebenter dann aus?), aus denen wir sechs alle hervorgegangen seien, unter schrillen Pfiffen, was jene Metalltrillerpfeifen erklären soll, die wir alle, ohne ihre Funktion zu erkennen – nur die Kinder drücken beim Spielen zuweilen auf unsere Bäuche, wir tun das nie –, in unsern jungen Jahren im Rücken getragen haben und die uns allen irgendwann einmal ausgefallen sind. (Meine Pfeife ist mir gleich im ersten heißen Sommer abhanden gekommen; ein Sprung vom Schrank, und weg war sie.) Eine Frau – sagt Rotsepp – sei stets bei der Schöpfung dabeigewesen und begrüße jeden Zwerg, indem sie ihm die Mütze abnehme und ihn auf die Glatze küsse. Er spüre heute noch, wie die Hitze in ihm hochstieg, bis sein Schädel rotglühend war. Tatsächlich lief er jedesmal rot an, wenn er seine Theorie zum besten gab. – Grünsepp denkt, wir seien nicht nur unsterblich, also ewig im Vorwärtsgang, sondern es habe uns immer schon gegeben. Jeden von uns. Wir seien mit dem Urknall entstanden, ja, wir seien die Ursache des Urknalls gewesen. Eine so große Zwergendichte, daß die eben noch ausdehnungslose, unendlich konzentrierte schwarze Masse jäh auseinanderbarst und bis heute den Rändern des Unendlichen entgegenstürmt, immer noch zwergengesättigt, so daß dereinst, wenn das All zur Ruhe gekommen ist, auch am erdfernsten Punkt Zwergenartiges sein wird. – Neu Lochnas glaubt, daß wir vom Menschen abstammen. Weil, da ist eine gewisse Ähnlichkeit; der Mensch wäre ein zu groß geratener Zwerg mit, im Verhältnis zu seiner Größe, zu geringer Hirnmasse. Aber Neu Lochnas meint auch, daß die Welt am Horizont aufhört. – Ich bin überzeugt, daß wir in Fabriken hergestellt werden, in beträchtlicher Stückzahl, und dann über den ganzen Erdball verstreut. Beweisen kann ich es nicht; aber Grünsepp *kann* nicht recht haben. Er ist seinem Größenwahn auf den Leim gegangen und denkt, weil *er* ein Zwerg ist, sei überall Zwerg, und immer schon sei alles Zwerg gewesen. Und der Sieben-Zwerge-Mythos ist zu schön, um wahr zu sein. Daß die Ahnen in paradiesischer Unschuld im Walde lebten, aus tiefen Stollen Kohle oder Diamanten schürften und sich Zwergenschnurren erzählten. Nein. Das dann doch nicht. – Eins ist sicher: Zwerge werden mit einem Gedächtnis geboren, das nicht sofort zum Leben erwacht, sondern – manchmal Jahre vielleicht – auf seine Erweckung wartet. Ja, der ganze Zwerg beginnt sein Leben oft erst lange nach seiner Schöpfung, und manche Zwerge, da bin ich mir sicher, bleiben für immer unbelebt. Tote Ware, auch im Trödelladen unverkäuflich und endlich zerschreddert. So hat keiner von uns je seinen Schöpfer gesehen (den sich Dunkelblöe als einen riesenhaften Dunkelblöe vorstellt, mit einer unendlich tiefen Stimme, die durchs All orgelt), beziehungsweise das Fließband, auf dem Zwerg hinter Zwerg, rohgummifarben noch, an Frauen mit farbtropfenden Pinseln in den Händen vorbeigleitet, die ihnen braune Schuhe, rote Zipfelmützen oder ein violettes Jöppchen verpassen. Hinter ihnen der Vorarbeiter, der sie mit einer Stoppuhr überwacht. Zehn Sekunden für ein Paar Schuhe, fünfzehn für das Wams. Wer mehr Zeit braucht, fliegt. Das Weiß meines Bartes dürfte nicht mehr als drei Sekunden in Anspruch genommen haben, wieso sonst wäre auch noch ein Teil meiner Hose weiß? – Meine Erinnerung setzt – wie die all meiner Freunde – jäh und deutlich ein, als habe jemand einen Schalter in mir gedrückt. Plötzlich sah ich. Ich hörte. Ich fühlte. Eine ungewöhnliche Wärme durchströmte mich, eine Hitze, ein überwältigendes Glück. Ich lebte. Ich war allerdings in meiner Spielzeugstarre – ahnte in diesem ungeheuerlichen ersten Lebensmoment noch nicht, was das Herumflitzen für mich bedeuten würde –, weil ein Kind mich in der Hand hielt und verzückt auf mich herabsah. Ich sah zu ihm hoch. Große Augen über mir, Nasenlöcher, ein Mund, der lächelte. Ich spürte den Puls des Kindes in den Fingern, die mich umklammerten. Sein Atem ging schnell, und es stieß kleine Glücksschreie aus. »Mami, schau! Den will ich, den da, den!« – Jeder von uns erzählt eine ähnliche Geschichte seiner Erweckung. Wir beginnen zu leben, wenn ein Kind uns anschaut. Wenn es *dich* meint, keinen andern. »Du bist es. Du.« Wenn du das Glück eines andern geworden bist – in dem Augenblick weißt du noch nicht einmal, daß das Etwas, das da auf dich herabstrahlt, ein *Kind* ist –, und das Kind dein Glück. – »Du hast doch schon drei Zwerge zu Hause«, sagte eine Stimme hoch über mir, und ich sah das Gesicht einer Frau, weiß, mit roten Lippen, schwarzen Haaren. Blitzenden Zähnen. »Stell ihn sofort wieder hin.« Sie wand mich dem Kind aus der Hand und schob mich ins Regal zurück. Das Kind fing an zu weinen, und ich heulte nur nicht los, weil das Kind mich immer noch aus flehenden Augen ansah und spielzeugstarre Zwerge nicht weinen können. Wir weinen nur, wenn wir bewegungsfähig sind. »Ich will diesen Zwerg, den da! Bitte, bitte, Mama, bitte!« – »Nein!« – »Doch!« – »Nein!!!« – Das Kind lag jetzt auf dem Boden und kreischte. – Heute, rückschauend, weiß ich, daß es ein Glück für mich war, daß ich nochmals, sehend und fühlend nun, in dem Regal stehen durfte. Ich konnte mich ausgiebig umsehen. Ich steckte in einem ganzen Pulk Zwerge, zwischen einem Dutzend Vigolettes, alle mir ähnlich, aber keiner gleich, weil jeder seinen eigenen Bemalungsmakel hatte. Schuhbraun bis übers Knie, Zipfelmützenfarbe im Gesicht. Weiter vorn Seppen in allen Farben (die Seppen sind die einzigen, die sowohl rote als auch gelbe oder grüne Anzüge tragen), ein paar Himmelblöe und jede Menge Lochnase – einer, der übernächste, hatte eine Art Pockennarbe auf der Nasenspitze. Ein Fabrikationsfehler, wenn man meine Theorie akzeptiert, Ausschußware eigentlich. Er wurde wenig später *unser* Lochnas. In meinem Rücken eine

Truppe grimmig blickender Böse, alle mit vor der Brust verschränkten Armen. (Einen Dunkelblöe, das fiel mir später auf, hatte ich nicht erblickt. Ich habe in meinem ganzen Leben *nie* einen andern Dunkelblöe als unsern gesehen. Sollte er recht gehabt haben, wenn er bei jeder passenden und unpassenden Gelegenheit wiederholte, er sei einzig?) – Daß ich bereits lebte, als ich nochmals im Regal landete, führte dazu, daß ich mehr als jeder andere von uns über unsere Anfänge weiß. Ich habe uns unmittelbar nach der Schöpfung gesehen, da, wo wir unsere Bestimmung noch nicht erfüllen und im Vorhof des Lebens warten, zum Leben bereit, aber noch nicht dafür erwählt. Die andern Zwerge erinnern sich nicht ans Regal. Keiner. Logisch, sie wurden von ihrem Kind erwählt, und während sie zum Leben erwachten, waren sie bereits unterwegs zur Kasse. Ich aber sah sie oder ihre Genossen *vor* ihrer Erweckung. Diese Zwerge waren alle leblos, keine Frage. Gummi, sonst nichts. Kein Herz, tote Augen. – Der Bub hatte inzwischen den Kampf mit der Mutter gewonnen – »na schön, wenn dein Seelenheil davon abhängt« –, er heulte nicht mehr, und ich flog, von den Bubenfingern umklammert, zwischen Teddybären, Schaukelpferden und Brummkreiseln dem Ausgang zu.

ZWERGE kommen ohne jedes Wissen zur Welt. Aber wir haben ein Riesenhirn – Millionen Zellen auf zwei drei Kubikzentimetern – und ein absolutes Gedächtnis. Wir vergessen nichts. Nie. So lernen wir rasend schnell. Auf dem Weg zur Kasse wußte ich bereits für alle Zeiten, was eine Mami ist und daß es ein Seelenheil gibt. Bis in alle Ewigkeit werde ich wissen, wieviel ich gekostet habe: 3.40. *Trial and error*, selbstverständlich lernen auch wir so. Aber einen Irrtum begehen wir nur einmal. Wir fassen einmal den heißen Ofen an, dann nie mehr. Wir laufen einmal vor der Schnauze eines dösenden Hunds durch. Wir hören einmal, daß zwei und zwei vier gibt, dann wissen wir es. Himmelblöe neu und ich hatten uns *einmal* die Spielzüge der legendären Schachpartie zwischen Botwinnik und Tal im Mai 1960 vorgelesen, und dann setzten wir uns zuweilen hin und spielten sie nach. Wenn ich Botwinnik war (weiß), gewann ich nach einem spektakulären Damenopfer im 41. Zug. Sonst, als Michail Tal (schwarz), verlor ich eben, kippte vor dem 42. Zug meinen König um, schüttelte Himmelblöe neu die Hand und sagte: »Spassibo.« Wir brauchten nie mehr als vier Minuten für die Partie, oft wesentlich weniger. – Wenn wir Zwerge uns sehr langweilen (oder wenn wir nicht einschlafen können), sagen wir die Kommastellen von π bis in die tieferen Regionen des Unendlichen auf. – Wir hören zu, wenn die Menschen reden, wie, was. Sie sagen *einmal* Löffel oder Gabel oder Individuationsprozeß, und wir haben es in unserm Wortschatz. Wissen sehr bald auch, was gemeint ist. Heute spreche ich fließend Portugiesisch, anders als der groß gewordene Bub, obwohl er das genau gleiche Angebot wie ich hatte. Zwei drei Reisen mit ihm nach Lissabon und durchs Alentejo reichten mir. Mir dröhnt der Kopf vor Jammer, wenn er der Putzfrau, die aus Galizien stammt, klarmachen will, daß sie seine am Boden liegenden Bücher liegenlassen soll. Was für ein Gestammel. Ich brülle dann, akzentfrei, »*Teria a bondade de deixar ficas esses livros todos aí no chão, por favor?*« vom Regal herunter. Aber natürlich hören sie mich nicht, in ihr Taubstummengespräch vertieft, dem Esperanza am Ende zu entnehmen hofft, er wolle ihr im nächsten Monat mehr bezahlen. – An der Hand des Jungen flog ich durch die Nacht, spielstarr natürlich, aber mit wachen Sinnen. Es war meine erste Nacht, meine erste Luft, ich sah die ersten Sterne am ersten Himmel und den ersten Mond, der eine riesige rote Scheibe war. Die letzten paar Meilen (es gibt die Zwergenmeile, für uns Zwerge; sie mißt 103,7 Menschenmeter) ging ich über Gartenmauern, Lattenzäune, Buchsbaumhecken. Ich ging nicht, logisch, ich wurde gegangen. Der Bub führte mich mit kleinen Schritten, riesigen Sprüngen zuweilen. Ich war erregt, von einem bestürzenden Glücksgefühl überflutet, und auch besorgt, wo das alles hinführen würde. Es führte, vorläufig, zu einem Haus hin, in dem der Junge, mich in der Faust hochhaltend wie eine Siegestrophäe, durch den Korridor stürmte. »Ein Zwerg! Schau! Ein Zwerg!« rief er immer wieder, ein Menschenmädchen umtanzend, das kleiner als er war – dennoch groß – und braune Zöpfe und eine Stupsnase hatte. »Er heißt Vigolette!« Das Mädchen kreischte auch, ebenso beglückt, nahm mich in die Hand, besah mich von allen Seiten und setzte mich endlich auf dem Boden ab. Dort standen, spielstarr, aber belebt – das sah ich sofort –, drei andere Zwerge. »Vigolette, das ist Dunkelblöe«, sagte der Junge und wies auf einen Zwerg mit einer dunkelblauen Joppe, einer Brille und einer Karl-Marx-artig gehobenen Faust. »Dunkelblöe, darf ich dir Vigolette vorstellen. Er wird jetzt mit euch wohnen.« Die beiden andern Zwerge waren Seppen: Rotsepp (kindjung damals, mit einer roten Joppe) und Grünsepp (grün). Wir wurden uns ebenfalls vorgestellt und besahen uns, soweit wir das, ohne den Kopf und die Augen zu bewegen, tun konnten. Die Kinder schubsten uns noch ein bißchen herum und sprachen mit unseren Stimmen. Sie konnten es erstaunlich gut, obwohl sie uns gewiß nie gehört hatten. (So gut, daß mir zuweilen der Gedanke durch den Kopf geht, wir sprächen mit den Stimmen, die *sie* uns zugedacht hatten.) Dunkelblöe, als er dann endlich seine Klassenkämpferfaust herunternehmen und etwas sagen konnte (die Kinder waren im Badezimmer und putzten sich unter Gebrüll und Gelächter die Zähne), hatte tatsächlich die Brummstimme, mit der der Bub zuvor sein Sprechen simuliert hatte. Rotsepp hatte auch jetzt eine hohe Stimme und kicherte bei jedem Wort. Grünsepp, auch er mit einem Sopran, war etwas gefaßter. Ich selber sprach, als ich endlich sprach – zu meiner Verblüffung, und mit einem noch durchaus winzigen Wortschatz –, mit jener Trottelstimme, die der Bub sich für mich ausgedacht hatte und die das Mädchen – seine Schwester – sofort übernahm. Jeder Gedanke, der durch die Nase gesprochen wird, klingt idiotisch, also klang alles, was ich sagte, idiotisch. Ich hätte e gleich m mal c im Quadrat sagen können, keine Chance. Dunkelblöe schaute mich sorgenvoll an. Grünsepp trat zwei drei Schritte zurück, während ich sprach. Nur Rotsepp fiel mir um den Hals und schnellte, mich umklammernd, hysterisch herum. Er war einer, der aus dem Stand aufs Klavier springen konnte. Das sah man ihm gar nicht an; ein schmächtiges Bürschchen. Aber selbst mit mir – er hielt mich am Bart und an einem Ohr fest – kam er bis aufs Fensterbrett hinauf. »Au!« rief ich, durch die Nase natürlich; es klang wie ein Nebelhorn. Rotsepp lachte und umarmte mich aufs neue. – Später saßen wir auf dem Regal nebeneinander, zwischen einer kleiderlosen Puppe, Bauklötzen und Miniaturautos, und Dunkelblöe half mir, das Preisschild von meinem Rücken zu lösen. Er war ein bißchen eingeschnappt, weil er seinerzeit nur 3.10 gekostet hatte. Allerdings, wann seinerzeit gewesen war, konnte oder wollte er mir nicht sagen.

DIE Kinder spielten jeden Tag mit uns, stundenlang. Das fing am frühesten Morgen an, kaum Tageslicht noch, und hörte mit dem Ins-Bett-Gehen am Abend nicht immer auf. Mehr als oft schlief ich auch bei dem Jungen, von seiner Hand umklammert, so daß ich mich auch, wenn er schlief, nicht rühren konnte. Zwerg sein, das war Schwerarbeit. Mauern rauf, Mauern runter, ins Bett, aus dem Bett heraus, am Tisch sitzen, dies essen, jenes trinken, sich prügeln, sich versöhnen, oder Fußsohle gegen Fußsohle darum kämpfen, wer der Stärkere war. Dabei hielten die Kinder uns an den Köpfen und schoben uns, fußvoran, so stark gegeneinander, bis der eine einknickte. Gott sei Dank war ich just im Zeheln – so hieß diese Disziplin, neben dem Dumpfen die am häufigsten ausgeübte Sportart – der Stärkste. Rotsepp zum Beispiel faltete sich wie ein Akkordeon, wenn ich den Druck seiner Fußsohlen noch gar nicht spürte. Es gab fast jeden Tag Zehel-Wettkämpfe (auch später, als wir viel mehr Zwerge waren), und ich gewann immer. Meine Finalgegner waren ebenso regelmäßig Vigolette neu oder Dunkelblöe. Eine Laune der Natur hat uns eisenharte Vollgummibeine beschert, und mir die härtesten. Selbst heute noch, bröselnd, stehe ich nur deshalb nicht wie ein Baum, weil die Füße und Schuhe am Aufgeben sind. Privat, im wirklichen Leben, zehelten wir allerdings nie, und so verhalf mir mein Können auch nicht zu einem besonderen Ansehen unter den andern Zwergen. Der Bub aber bewunderte mich offen, es war wohl mein Zeheltalent, das ihn dazu bewog, mich allmählich seinem ursprünglichen Liebling Rotsepp vorzuziehen. – Rotsepp kannte keine Eifersucht. Er lachte, wenn ich nach einer Nacht in der Faust des Bubs gerädert zurückkam, obwohl das Mit-dem-Bub-Schlafen früher *sein* Privileg gewesen war. Er tanzte mit mir herum und sang mir mit seinem Kichersopran lustige Lieder vor. Nur manchmal gab er mir einen kleinen, schnellen Tritt, der unbeabsichtigt aussehen sollte und ihm mehr weh tat als mir. Und noch später, viel später, wurde er der erste, der regelrecht zerbröselte. Ein Gesicht wie ein Pockenkranker im letzten Stadium, keine Hände mehr, Armstummel, aus denen der Gummi regnete. – Der Dienst war anstrengend. Keine eigene Bewegung machen zu können, über Stunden hin, das nimmt dich mächtig mit. Andrerseits waren die beiden Kinder anrührend in ihrer Zuneigung zu uns. In ihrer Erfindungsgabe. Sie wußten immer und stets, was wir jetzt *täten* oder *dächten.* »Vigolette täte jetzt nach Hause gehen«, sagte der Bub etwa und führte mich gleichzeitig, mich mit zwei Fingern rechts und links an der Hüfte haltend, ins Zwergenhaus, das eine Kommode war, in der eigentlich das Bettzeug der Kinder liegen sollte und tagsüber auch lag. (Da blieben dann immer noch ein paar Zwergenbreiten Raum, genug für uns. – Im Regal standen wir nur hie und da, wenn die Frau, spätabends zumeist, einem Raubvogel gleich über uns herfiel und uns aufräumte.) »Vigolette wäre jetzt müde und würde eine Runde schlafen«, sagte der Bub. »Grünsepp auch«, antwortete das Mädchen. »Er würde sich vorher aber noch die Zähne putzen.« Alles taten wir im Konditionalis, jeden unserer Schritte faßten die Kinder in Sprache. Wir taten nichts, ohne gleichzeitig zu hören, was wir gerade taten. »Jetzt würde Grünsepp aufs Klo rennen, er hätte den Scheißer.« Grünsepp rannte aufs Klo, wurde vom Mädchen gerannt, und hatte seinen Durchfall. Er war gut zu hören, und das Mädchen, das die Furztöne mit dem Mund produzierte, wurde puterrot vor Lachen. Auch der Bub grinste und sagte dann mit der Stimme von Dunkelblöe: »Ich geh mal nachschauen, wie's dem Grünsepp geht.« Er faßte Dunkelblöe um den Bauch und ließ ihn mit kleinen Hüpfschritten zum Zwergenklo (hinter einer Kissenecke) gehen. »Er würde jetzt nachschauen, wie's dem Grünsepp geht.« Also pochte der spielstarre Dunkelblöe, vom Jungen geführt, mit der erhobenen Faust gegen die fiktive Klotür, hinter der der arme spielstarre Grünsepp Magenkrämpfe haben mußte. »Geht's, Grünsepp?«: der Bub mit der Großvaterstimme Dunkelblöes. »Ich habe mir in die Hose geschissen!«: der Glockensopran Grünsepps, vom Mädchen gesprochen. Das Mädchen und der Bub lachten so heftig, so konvulsivisch, daß Grünsepp befremdet guckte, obwohl er spielstarr war. Auch Dunkelblöe schien irritiert zu sein, ohne eine eigene Bewegung und doch von innen her kochend. Dann entschied das Mädchen, daß alle Zwerge jetzt Hunger hätten und etwas essen täten. Und schon saßen wir an einem Tisch (der eine leere Hunderterschachtel für Zigaretten der Marke Parisiennes war). Ich am schmalen Ende der Tisch-Schachtel. Mir gegenüber Rotsepp. An den Längsseiten Grünsepp (rechts), und links Dunkelblöe. Ein versabbertes Taschentuch als Tischdecke. Vor uns Plastillinklümpchen, die Brote, Tomaten oder Würste waren. Bananen zum Dessert. – Die Kinder hatten übrigens auch Namen. Das Mädchen nannte den Buben Uti, und er sagte Nana zu ihr. Die Frau hieß Mami, und eher selten kam auch ein Mann ins Zimmer, der Papi hieß und dessen Haupt stets, wie ein ferner Vulkan, in Rauch gehüllt war. – Uti, das war ein *nickname*, den sich der größer werdende Bub später verbat. Da wollte er so heißen, wie er wirklich hieß. Ich sage aber heute noch Uti zu ihm, bei mir ließe er es gewiß zu, und er hört mich eh nicht. – Nana hieß Nana, und auch Mami und Papi schienen keine andern Namen zu haben, jedenfalls nannten sie sich auch gegenseitig so.

WENN wir nicht spielten, gespielt wurden, erforschten wir die umliegenden Gebiete. Unternahmen erst halbwegs vorsichtige, dann immer kühnere Forschungsmärsche. Wir fürchteten keine Anstrengung, marschierten ganze Nächte hindurch, weil Zwerge durchaus außer Puste sein können, völlig durchgenudelt: aber schlafen müssen wir nicht. Wenn wir schlafen, wollen wir es. Wir wollen es oft, wir schlafen gern. (Ich, heute, meine Tage sind ein einziges Dösen und Träumen.) Dunkelblöe konnte stundenlang schnarchen. Sein Getöse hielt uns andere Zwerge wach. Wir konnten Böllerschüsse an seinen Ohren abfeuern oder mit heulenden Indianertänzen um ihn herumtoben, er lag da, die Augen zu, friedlich rasselnd. Wie im Koma. Wenn wir uns aber, geräuschlos und im Einzelsprung, aus dem Staub machen wollten, um einmal ohne ihn ein Abenteuer zu bestehen, schoß er jäh in die Höhe. Hellwach. Er hatte eine Antenne dafür, wann ihn das Leben brauchte, setzte sich sofort an die Spitze unserer Kolonne und fing noch vor den ersten Schritten damit an, uns das noch Unerforschte zu erklären. – Ein dunkler Impuls zwang uns dazu, in einer Einerkolonne zu gehen, wenn wir zwei oder mehr Zwerge waren. Kein lockeres Schlendern, hier zwei, dort drei. Selbst allein gehe ich heute noch im Gänsemarsch, sozusagen. Oberkörper vorgebeugt, ein bißchen Schleichen, ein wenig Hüpfen, die Nase hoch, die Nüstern witternd offen. Nichts entgeht einem in seiner Zottelkolonne gehenden Zwerg. Er hat Augen sogar am Hintern, und der letzte Zwerg – Grausepp, bei uns – ging tatsächlich die meiste Zeit rückwärts. Er war für die von hinten kommenden Gefahren verantwortlich. Grausepp, kein As als letzter Mann, kam uns so mehrmals abhanden, weil er, rückwärts eben, geradeaus weiterging, während wir in einen Hohlweg abbogen. Nach hinten witternd, lugend, die eine Hand wie ein Indianer über den Augen, die andere hinter einem seiner Ohren, prallte er endlich Hintern voran gegen eine Wand oder einen Baum und merkte, daß er allein war. Schluchzend rannte er dann den Weg zurück, fand den Anschluß auch wieder, schnüffelnd und schniefend, und meist merkte der zweitletzte Mann – Neu Lochnas, auch er kein Genie in der Früherkennung unerwünschter Vorkommnisse – erst dann, daß er längst schon der letzte Mann gewesen war und eigentlich hätte rückwärts gehen müssen. Beziehungsweise »Mann über Bord« rufen. – So huschten wir von Deckung zu Deckung, denn Menschen aller Art waren natürlich stets eine Bedrohung für uns und sind es für mich heute noch. Esperanza, in erster Linie. Sie hat grobe Finger. Wenn sie mein Regal sauberwischt – alle Schaltjahre nur, Gott sei Dank –, schlägt sie mir jedesmal einen Körperteil ab. Nase, Kinn,

Zeh. Ja. Wenn uns ein Mensch begegnete – Uti, Nana, Mami, Papi, auch Unbekannte – und sein Blick uns streifte, erstarrten wir da, wo wir gerade waren, ungetarnt eben doch oft, und dann konnte es geschehen – besonders wenn wir auf Mami stießen –, daß wir, kurz bevor wir unser Forschungsziel erreicht hätten, eingesammelt wurden und wieder im Regal landeten. »Die Kinder! Ich sage, aufräumen, und es ist, als spräche ich in die Luft!« Unsere Neugier war unendlich, und uns war bald klar, daß die Welt so groß war, daß wir sie zu Fuß, mit unsern Bordmitteln allein, nicht erforschen konnten. Meilen und Abermeilen! (Eine Abermeile ist das größte Zwergenmaß und reicht von deinen Fußspitzen bis zum Horizont. Keiner von uns ist je eine Abermeile gegangen, das schaffen auch Zwerge nicht, allein schon deshalb, weil die Abermeile *immer* zwischen dir und dem Horizont liegt; also unüberwindbar bleibt; du bist *stets* an ihrem Beginn, *nie* an ihrem Ende. Wie oft stand ich auf dem Fensterbrett des Kinderzimmers und überschaute die vor mir liegende Abermeile. Grün im Frühling, gelb im Sommer, stoppelig im Herbst, weiß im Winter. Weit hinten ein Wald und, in den Himmel ragend, ein Turm. Du denkst, die Abermeile, so weit sie ist, die schaffe ich. Aber du irrst dich.)

WIR waren also meist nachts unterwegs. Am Tag waren wir ja im Dienst. Am Abend, wenn die Kinder im Bett waren – im gleichen Zimmer wie wir; wir mußten warten, bis sie schliefen –, brachen wir auf, alle vier, alle sieben eine Weile lang, alle neune später, endlich alle siebzehn. So ergab sich wie von selbst jene schicksalhafte Gänsemarschordnung. Zuvorderst ging Dunkelblöe. Er war der Führer. Wenn er innehielt, einer plötzlichen Gefahr wegen, prallten alle Nachfolgenden aufeinander: Zwerg auf Zwerg, bis hin zum letzten. Keiner stoppte rechtzeitig, jeder sagte »Au« oder »Hoppla«. Dunkelblöe hielt dann seine Faust hoch, als halte er eine Laterne in ihr; und das Wunder war, seine Hand *war* eine Laterne und leuchtete in einem blaßgrünen Glühwürmchenlicht. Hell genug für ihn – Zwergen genügt ein Licht*hauch* –, um um sich zu spähen, zu horchen, uns endlich das Zeichen zum Weitermarschieren zu geben, so daß sich unser eng gedrängter Haufen entspannte und wir, einer hinter dem andern, weitertrotteten. – Hinter Dunkelblöe gingen Grünsepp oder Rotsepp. (Sie wechselten sich als Nummer zwei ab, weil sie beide gleichzeitig ins Haus gekommen waren und keiner den andern entscheidend dominieren konnte.) Dann kam ich. Hinter mir, später und in einer immer länger werdenden

Kolonne: Lochnas alt, Himmelblöe alt, Himmelblöe neu, Bös alt, Lochnas neu, Bös neu oder Vigolette neu (die das gleiche Problem wie Rot- und Grünsepp hatten, es aber weniger gut lösten; sie machten sich jedesmal erneut die Position beim In-einer-Zottelreihe-Gehen streitig), und am Ende Neu Vigolette, Neu Himmelblöe, Blausepp, Neu Bös und Neu Lochnas. Grausepp, der als letzter gekommen war, blieb der letzte Mann. Er war – auch wenn er nicht verlorenging – für uns alle schier unsichtbar, grau, obwohl er keineswegs ein graues Jöppchen trug, sondern ein gelbes. Der Name Gelbsepp wäre auch noch frei gewesen, aber er wurde trotzdem Grausepp. Ich kann mich nicht entsinnen, jemals mehr als »Hallo, du« zu ihm gesagt zu haben. (Zwerge erinnern sich an alles; aber an *alles* dann doch nicht.) Ob und was er antwortete, weiß ich noch weniger. Ich habe seine Stimme vergessen, vielleicht hatte er keine. Vielleicht war er stumm. Taub. Taubstumm und unsichtbar. – Auch die Kinder übersahen ihn beim Spielen. Da stand er dann, spielstarr aus reiner Höflichkeit, und weil er einen Rest seiner Selbstachtung bewahren wollte. Er hätte, unter den Augen von Nana und Uti, eine Polka tanzen können, sie hätten ihn nicht bemerkt.

DIE Nächte, damals, waren still. Ein heiliges Schweigen im ganzen Haus. Ein kleiner Wind allenfalls draußen, Äste, die gegen das Fenster klopften. Ein ferner Uhu. In der Küche klapperte Mami mit den Pfannen und Tellern, und weitab tippte Papi. Sonst eine Stille wie vor der Schöpfung. Ja, die schlafenden Kinder, die hörten wir auch noch, und wenn sie regelmäßig und friedlich atmeten, zogen wir los, geräuschlos für Menschenohren. Mami war keine Gefahr, wenn wir nicht gerade quer durch die Küche purzelten, und Papi war so sehr in seiner eigenen Welt versunken – seine Welt war der Tisch mit der Schreibmaschine –, daß die Blöderen von uns, Himmelblöe neu und Neu Lochnas allen voran, Wetten untereinander abschlossen, wer die kühnere Annäherung riskierte: in der halbleeren Zigarettenschachtel sitzen und »Hallo Esel« rufen, auf dem Wörterbuch den Handstand machen, zwischen den beiden afrikanischen Holzstatuetten hindurch ihm direkt in die Augen schauen. Neu Lochnas wurde der Allerblödeste, als er sich einmal rittlings auf die Walze der Schreibmaschine setzte, während Papi schrieb. Er wurde natürlich entdeckt. So blind war auch Papi nicht, einen auf seiner Walze an ihm vorbeireitenden Zwerg nicht zu sehen. Er hob Neu Lochnas aus seinem Sattel und hielt ihn nachdenklich in der Hand, und sogar Neu Lochnas, spielstarr nun, merkte, daß Papi drauf und dran war, sein und unser Geheimnis zu entdecken. Er sah vor sich hin auf den Boden und ging sogar in die Hocke, um unter den Schreibtisch zu spähen. Zum Glück kauerten wir andern in einiger Entfernung hinter einer Teppichfalte. Weiß Gott, es war furchtbar, Papi mußte nur noch den Gedanken festhalten, der ihm durchs Gehirn gehuscht war, und er hätte die Wahrheit begriffen. Er hatte Schweiß auf der Stirn. Aber dann seufzte er und brachte Neu Lochnas ins Kinderzimmer zurück. Stellte ihn aufs Regal, wo wir ihn kurz darauf – wir brachen die Expedition auf der Stelle ab – ziemlich kleinlaut vorfanden, so aus den Fugen in der Tat, daß er Himmelblöe neu den ausgemachten Wetteinsatz – einen kaum gebrauchten Kaugummi von Uti – übergab, obwohl er doch die Wette gewonnen hatte. Dunkelblöe tobte, einmal zu Recht, und brüllte, er werde Neu Lochnas zu keinem Forschungszotteln mehr mitnehmen, nie mehr. – Auch dieser Brei wurde dann nicht so heiß gegessen, wie er gekocht war. Ein paar Nächte später zog Neu Lochnas wieder mit uns mit, als sei nie etwas geschehen. Tat wie eh und je so, als habe er alles im Griff, und machte Grausepp zur Schnecke, wenn der wieder einmal den Anschluß verpaßt hatte. – Trotzdem. Die Menschen waren, nachts, keine Gefahr, wenn wir uns nur halbwegs vernünftig benahmen. Aber da waren die Tiere. Katzen, Hunde, Fische, zwei Vögel. Einmal ein Fenek. Das Haus war die reinste Serengeti. Ein struppiger, mächtiger Kater strich unermüdlich durch die Räume, tauchte aus dem Wohnzimmer auf und verschwand mit steil erhobenem Schwanz in der Küche, und umgekehrt. Er war harmlos, sah uns nur unendlich wissend an, wenn er an uns vorbeiglitt. Ein gelbweiß geschecktes Kätzchen war weit gefährlicher, weil es einen weghuschenden Zwerg für eine Maus hielt und uns mit ausgefahrenen Krallen herumschubste und Neu Bös sogar einmal den Todesbiß in den Nacken verpaßte, der natürlich nicht tödlich war. Aber Neu Bös war ganz schön zerschunden – so tiefe Krallenspuren, daß der Rohgummi sichtbar wurde –, und am Hals hatte er für den Rest seiner Tage zwei Löcher. – Dann die Hunde. Drei, von denen zwei nur gelegentlich auftauchten, als Besuch, meist zusammen mit einer schönen Frau in farbenleuchtenden Kleidern. (Sonst hörten wir sie zuweilen im Stockwerk über uns herumtoben.) Sie waren Monster mit blitzenden Zähnen, Hauern eher, mit Lefzen, aus denen ihr Atem schnaubte. Triefaugen. Doggen, die sogar für Menschen groß waren. Der sanftere der beiden, ein Ungeheuer, hieß Astor, der andere, der wirklich bösartig war, Carino. Vor ihm stellten sich auch die Dümmsten von uns auf der Stelle tot, wenn sie es verpaßt hatten, in eine Nische zu fliehen. Tatsächlich interessierten sich die Doggen nicht sonderlich für Hartgummiwesen und warfen einmal Neu Lochnas – wen sonst? – ein bißchen durch die Luft und ließen dann von ihm ab. Der dritte Hund beunruhigte uns mehr als die Doggen, obwohl er kleiner als sie war. Nicht mehr als, sagen wir, fünf Zwergenlängen hoch. Er hatte nämlich seinen Schlafplatz bei der Haustür vorn – bei nahezu jeder Expedition mußten wir an ihm vorbeischleichen – und raste, wenn er nicht schlief, wie von einer Tarantel gestochen durchs Haus. – Wahrscheinlich gab es irgendwo auch Taranteln. – Er kläffte immer, so wußten wir wenigstens, wo er gerade war. Er bestand ausschließlich aus Haaren, und keiner von uns konnte mit Sicherheit sagen, wo bei ihm vorn und wo hinten war. Haare, nur graue, struppige Haare. Wir schlichen, vermeintlich, an seinem Schwanz vorbei, und – schnapp – war einer von uns in seinem Maul. Das passierte einigen von uns, auch mir einmal. Es war unangenehm, sehr ekelhaft; aber nicht wirklich gefährlich. Ich war, als mich Bürschel – so hieß der Hund – bald einmal auf dem Teppich liegenließ, einfach nur über und über verschleimt, versabbert und verklebt. Widerwärtig, vor allem, weil ich an kein Wasser herankam, mich zu waschen, und zwei Tage lang nach Hund stank. – Die Vögel waren zwei Wellensittiche in einem Käfig, ein blauer und ein grüner, und hüpften den ganzen Tag von der oberen Stange auf die untere und zurück. Wir kümmerten uns nicht um sie, und sie sich nicht um uns. Dafür standen wir um so häufiger ums Aquarium herum und starrten durch das Glas. Eine trübe Unterwelt, Wasser, in dem sich Algen wiegten, Futterreste trieben, und jenseits drückten sich die Zwergenkollegen am Glas der andern Seite die Nasen platt. Die Fische schwammen gelassen, zuckten zuweilen unvermutet weg. Leuchtendblaue, rote mit dicken Wulstlippen, schwarzweiß glänzende mit gegabelten Schwanzflossen. Einige winzig kleine Silberpfeile. Ein Seepferdchen war auch dabei, torkelte mit hocherhobenem Kopf zwischen Wassergebüschen. Zwei drei Putzschnekken am Glas. Sauerstoff blubberte aus dem Sand am Boden. – Als der Fenek kam, der Wüstenfuchs, war ich in der rechten Hand Utis, zusammen mit Grünsepp, der, spielstarr natürlich auch er, von Nana geführt wurde. Wir wurden just im Korridor gespielt, so daß wir miterlebten, wie Papi mit einer großen Kiste zur Tür hereinkam, sie hinstellte und rief: »Ratet mal, was ich da habe?!« Alle sahen wir zu ihm hin, Uti und Nana so sehr, daß wir unsere Starrheit verloren und weich und lebendig wurden, obwohl wir weiterhin in ihren Händen steckten. Uti sagte: »Einen Löwen?« Nana: »Einen Haifisch?« Mami erschien unter der Küchentür und flüsterte: »Nein. Nicht schon wieder.« Papi lachte und öffnete die Kistenklappe. Wahrscheinlich wollte er triumphierend rufen: »Einen Fenek!« Aber dieser fegte wie ein Geschoß aus seinem Käfig heraus, so daß wir alle, auch Papi, aufschrien: »Oh!« – Der Fenek verschwand so schnell im Wohnzimmer, daß ich kaum seinen Kopf (spitzschnäuzig), sein Fell (wüstengelb) und seinen Schwanz (buschig) gesehen hatte. Die Kiste war umgefallen. Ein heftiger Gestank. Im Wohnzimmer klirrte, krachte, splitterte es. Als sich Uti, zusammen mit mir und Papi, bis zur Türschwelle vorwagte und wir alle drei ins Wohnzimmer spähten, war der Fenek in einen der Vorhänge verwikkelt, drehte sich im Kreis und schlug gerade eine Vase voller Sonnenblumen in Stücke. Bücher lagen auf dem Boden, lose Blätter. Das Tischchen mit den Tassen war umgekippt. Die Glaskugel mit dem Kaffee zerklirrt, der Perserteppich naß, der feuchte Kaffeesatz in Haufen da und dort. Zukkerwürfel. Zerfetzte Manuskriptseiten um den

Schreibtisch herum. Zerbissene Zigaretten, aus denen Tabak krümelte. Der Fenek hatte sich nun aus dem Vorhang befreit, ihn in Fetzen gerissen, und sprang mit leidenschaftlichen Sprüngen am Getränkekasten hoch. Mehrere Schnapsflaschen stürzten auf ihn nieder, zerbarsten, auch eine Siphonflasche, die jedoch heil blieb. Der Fuchs jaulte, er war vom Whisky getroffen worden. Er raste mit einem nassen Fell – er stank nun nicht mehr nach Fuchs, sondern nach Johnny Walker – an mir, Uti und Papi vorbei in den Korridor zurück – dort schrien Mami und Nana auf – und verschwand in dem Zimmer, in dem Papi und Mami schliefen. Ein ähnliches Getöse, gedämpfter.

»Tu doch was!« kreischte Mami.

»Was?« brüllte Papi.

»Fang ihn!«

Papi nahm den Papierkorb – er war leer, vom Fenek geleert – und wollte ins Schlafzimmer eilen, aber da kam der Fenek schon wieder heraus und rannte erneut an uns allen vorbei, ins Eßzimmer hinein diesmal. Papi hinter ihm drein, dahin, dorthin – für Sekunden nur tauchten sie einer hinter dem andern aus den Kulissen auf, verschwanden sofort wieder in der nächsten Tür –, bis Papi das Untier vor der Klotür gestellt hatte und ihm den Papierkorb überstülpte. Er warf sich über ihn, kämpfte, rang. Er brüllte, der Fenek heulte, beide ununterscheidbar. Uti weinte, Nana auch. Mami stand starr und biß in ihre Finger. Grünsepp, in Nanas Faust, glotzte blöd. Mir erging es ähnlich, mein Herz raste. Aber dann hatte Papi den Fenek endlich in der Kiste drin, den Wüstenfuchs. Er hob die Kiste hoch, sagte: »Das war's wohl doch nicht«, und weg waren die beiden. – Mami, Uti und Nana gingen zu dritt – zu fünft, mit uns beiden Zwergen – zwischen den Trümmern, lange, schweigend. Jene tiefe Stille, die auf alle Katastrophen folgt. Die Luft war mit Alkohol gesättigt. Auch Papi hatte während seiner Verfolgungsjagd einiges Geschirr zerschlagen. Im Wohnzimmer war nun auch das Aquarium umgestürzt. Sand auf dem Teppich, Schlamm, ein flacher See, in dem Algen lagen und die Fische zuckten. Die Vögel kurvten durchs Zimmer, bis der blaue gegen das Fenster knallte und aufs Fensterbrett stürzte. Der grüne setzte sich neben ihn und zuckte mit dem Kopf hin und her. – Im Zimmer von Mami und Papi war alles noch an seinem Platz, wenn man von einer umgestürzten Ständerlampe und den Hyazinthen absah, die neben ihren zu Bruch gegangenen Gläsern am Boden lagen. – Im Kinderzimmer hatte sich der Fenek über unsere Wohnkommode hergemacht und die Kissen in Fetzen gebissen. Daunenfedern lagen zentimeterdick auf dem Kommodenboden, Feder über Feder, eine Schneelandschaft, in die uns Uti und Nana nun absetzten. Stille auch hier. Grünsepp und ich saßen, benommen und verstört, in den Daunen und versuchten, uns von dem Schrecken zu erholen. Fern hörten wir, sehr fern, die Stimmen Utis und Nanas, die sich wegen irgendwas stritten. Mit der Zeit ging es mir etwas besser, und ich sah klarer. Vor mir, drei oder vier Zwergenlängen entfernt, hob sich eine einzelne Daunenfeder, flatterte hoch und senkte sich, wieder und wieder, auf und ab, in einem immer gleichen Rhythmus, und als ich mich endlich aufraffte, durch die bauchhoch liegenden Daunen stapfte und ein paar von ihnen beiseite räumte, erblickte ich das verklärte Gesicht Dunkelblöes. Er hatte die Augen zu und schlief. Ich legte ihn – Grünsepp half mir – gänzlich frei, packte ihn an beiden Armen und schüttelte ihn. »He! Aufwachen!« Grünsepp gab ihm ein paar Ohrfeigen. Ächzen und Stöhnen, Daunenfedern wirbelten auf. Dann wieder Ruhe. Ich sah Grünsepp an, er nickte, und ich trat gegen den Bauch von Dunkelblöe. Der schlug ein Auge auf, rappelte sich hoch, öffnete das andere Auge, nickte mir zu und sagte: »Tut gut, so ein Schläfchen.« – Soviel zu den Tieren.

WIR erforschten das Haus mit wissenschaftlicher Systematik. Kartographierten es, grobflächig zuerst und endlich bis in die letzte Einzelheit. Jeder von uns hatte den aktuellen Vermessungsstand millimetergenau im Kopf. Nach dem Haus kam der Garten dran, der auch für Menschenbegriffe groß war, und endlich machten wir den Versuch, die vor uns liegende Abermeile zu überwinden und zum Horizont vorzudringen, vergeblich. Wir liefen uns den Gummi von den Schuhsohlen, gelangten einmal tatsächlich bis zum fernen Turm – er hatte so ausgesehen, als stehe er am Ende der Welt –, sahen aber, nachdem wir ihn umrundet hatten, eine weitere Abermeile vor uns, in ein Tal abfallend und weit länger als die eben überwundene. Wir begriffen, daß es keinen Sinn hatte, auch sie noch erforschen zu wollen. Wir hätten, in nützlicher Frist, nie mehr nach Hause gefunden; schon dieses Mal kamen wir erst am hellen Morgen zurück und mußten froh sein, daß uns Uti und Nana nicht gleich nach dem Aufstehen vom Regal holen wollten, sondern die Zähne ohne unsere Hilfe putzten. – Wir stellten uns keuchend und mit verdreckten Füßen an unserm Ort zurecht, als hätten wir uns nie bewegt, und beschlossen, alles Forschen außerhalb von Haus und Garten in Zukunft seinzulassen. Die Abstimmung endete 17 zu 0, sogar die drei Böse, stahlharte Kämpfertypen, waren einsichtig. Daß die Himmelblöe, die stinkfaul waren und schon ein nächtliches Expeditionszotteln zur Regentonne hin für eine Zumutung hielten, gegen eine Erweiterung unseres Horizonts stimmten, war zu erwarten gewesen. Ich, ich wußte nicht so recht, ich war gern im Unbekannten unterwegs; aber ich stimmte dann auch Nein. – Glücklicherweise waren Dunkelblöe, Rotsepp und Grünsepp mit der systematischen Kartographie unsres Wohngebiets noch nicht weit gekommen, als ich zu ihnen stieß. Sie hatten erst den Norden erforscht, das Bad also, die Küche und das Klo. Diese Regionen blieben mir auch später fremd. Ich kannte ihre Kartographie zwar vom Hörensagen, und ein Zwerg vergißt auch ein Hörensagen nicht; aber vertraut wurden mir Bad und Klo nie. Die Küche dann schon eher: Uti nahm mich hie und da mit, wenn er am Morgen seinen Kakao trinken mußte und jemanden brauchte, der ihm Mut machte. Er mochte Kakao nicht, und die Milchhaut zuoberst haßte er. Er kam nie mit dem Problem zurecht, daß der ungeliebte Kakao noch viel ekliger wurde, wenn er mit dem Trinken so lange wartete, bis die Milch zu gerinnen begann und jenen braunen Schleimteppich bildete. Jeden Morgen trödelte er so lange, bis der Kakao untrinkbar war, und trank ihn dann unter den Augen der unerbittlichen Mami. Die Tasse war ein Kübel mit zwei Henkeln, und wenn Uti sie zum Mund führte, verschwand sein ganzer Kopf in ihm. – Da hatte ich viel Zeit, mich umzusehen. Ich stand auf einem Tisch, auf einem grauen Linoleum mit Brandflecken von Papis Zigaretten. Vor mir stand ein Herd, auf einer der Platten ein Topf, in dem die Milch kochte und einmal – Mami war just nach draußen gegangen – überkochte und qualmte und stank, so daß Uti die Verwirrung nutzen und seinen Kakao in den Ausguß schütten konnte. Mami sah ihn mißtrauisch an, die plötzlich leere Tasse, mußte sich aber um den Topf kümmern, dem immer noch, wie einem Vulkan, Wolken aus verbrannter Milch entströmten. – Sonst gab's nicht viel zu sehen, ein paar Messer an einer Wand, einen Wandschrank mit einer roten Schiebetür, den Kühlschrank, der jäh losbrummte, eine Weile lang bebte und zitterte und ebenso unerwartet wieder verstummte. Vor dem Fenster ein Baum, auf dessen Ästen Raben saßen und uns beim Frühstücken zusahen. – Auch das uns nächste Forschungsgebiet im Süden, das Zimmer, in dem Papi und Mami schliefen, war von den Forschern der ersten Stunde schon abgehakt, als ich zu ihnen stieß. Ja, Dunkelblöe, Rotsepp und Grünsepp hatten bei dieser Expedition so massive Schwierigkeiten bekommen, daß sie sich weigerten, sie mit mir zusammen zu wiederholen. Nämlich, obwohl alle Türen im ganzen Haus stets offenstanden: diese Tür war meistens zu, und sie war es auch, als meine Kollegen, nach einem eher summarischen Rundgang, wieder aus dem Papi-und-Mami-Zimmer hinauswollten. Sie mußten mit anhören, wie auf der andern Türseite Uti und Nana schluchzten und nach ihren Zwergen suchten, und nur ein Zufall – Mami kam ins Zimmer, stellte eine Orchidee in eine Vase – erlaubte ihnen, ungesehen an ihren Heimatplatz zurückzuhuschen. – Erst viel später kam ich doch einmal an den verwunschenen Ort. Da war ich just allein (ich hatte irgendeinen gemeinsamen Aufbruch verpaßt; keine Ahnung, weshalb; oder hatte ich allein bleiben wollen?) und dumpfte vor mich hin, das heißt, ich versuchte, den Dumpfrekord Grünsepps zu brechen, der ein paar Tage zuvor sechsundvierzigmal fehlerfrei gedumpft hatte. Ein weiter Kreis hatte sich um ihn gebildet, nie habe ich einen Zwerg konzentrierter und virtuoser dumpfen sehen. Als der siebenundvierzigste Dumpfsprung danebenging, um wenige Ellen, brach ein begeisterter Applaus aus, so tosend, daß die Katze fragend zur Tür hereinschaute. Bös alt und Neu Himmelblöe, beide ebenfalls exzellente

Dumpfer, nahmen Grünsepp auf die Schultern, der zuerst verlegen lächelte und dann im Triumph die Arme hochwarf. Auch ich klatschte. – Alle Zwerge dumpfen leidenschaftlich gern, das Dumpfen muß genetisch in uns angelegt sein; vermutlich dumpfen auch fernste Zwergenpopulationen in, sagen wir, Neuseeland oder Alaska. Viele von uns dumpfen sehr gut, und einige – Grünsepp allen voran – sind begnadete Meister. Beim Dumpfen geht es darum, in genauen Sprüngen – die Füße parallel, der Hintern beim Absprung weit nach hinten, der Körper beim Flug kerzengerade – auf ein Regal oder eine Treppenstufe oder einen niederen Tisch zu springen und wieder hinunter und dabei immer und jedesmal am genau gleichen Ort zu landen, so daß, hätten wir Farbe an den Füßen, oben und unten je ein einziger Fußabdruck entstünde. Zudem muß das Springen rhythmisch genau, harmonisch und anmutig sein. Ich war ein mittelprächtiger Dumpfer, besonders mit meiner Anmut haperte es. Also trainierte ich eifrig, wann immer ich allein war. Ich war gerade bei meinem sechzehnten halbwegs korrekten Dumpfsprung und stand auf dem Fensterbrett oben, als Lochnas alt auf der Türschwelle auftauchte, »Mami-Papi-Zimmer, schnell!« rief und wieder verschwand. Ich hatte keine Ahnung, worum es ging, aber ich sprang auf den Boden zurück und fegte hinter Lochnas alt drein. Tatsächlich stand die Tür offen, und ich sah, als ich über die Schwelle sauste, hoch über mir auch gleich ein Stück Papi, seine nackten Füße, die über das Bettende hinausragten und auf und nieder wippten. Seltsame Laute von da oben. Papi grunzte jedesmal, wenn seine Füße nach unten fuhren, und Mami – ja, auch Mami mußte auf dem Bett oben sein, obwohl sie unsichtbar blieb – jaulte oder seufzte in Papis Tempo. Ich stand ratlos und staunte diese Zehen an, krüppelige Stummel mit schwarzen Nägeln. Als aber Papi plötzlich mit verdoppelter Kraft losbrüllte und Mami wie eine Sirene klang, floh ich unters Bett. Über mir hoben und senkten sich die Matratzenfedern. Ein Lärm wie in einer Maschinenhalle. Hoch über mir, gegenüber auf dem Fensterbrett, lugten meine Zwergenfreunde hinter den Hyazinthengläsern hervor. Sie starrten auf etwas, was ich nicht sah – auf was eigentlich? –, und hatten rote Gesichter, weitaufgerissene Augen und offene Münder. So hatte ich sie noch nie gesehen, so hingegeben. Dunkelblöe glotzte so selbstvergessen, daß er jede Tarnung aufgegeben hatte und im vollen Licht, beide Hände vor dem Bauch gefaltet, vor einer roten Hyazinthe stand. Ich duckte mich und preßte mich gegen einen Bettpfosten. Über mir die Stahlfedern wurden nun im Sekundentakt zusammengedrückt. Der Holzrahmen ächzte, und all die Spiralfedern quietschten und quierten. Ich preßte beide Hände auf die Ohren, nahm sie weg und hielt sie gleich wieder an den Schädel. Hörte nicht, hörte, hörte erneut nichts. – Im übrigen, was ging mich das alles an! Ich hob die Schultern, trat ins helle Licht hinaus und schlenderte, die Hände in den Hosentaschen, zur Tür zurück. Ich glaube, ich pfiff sogar vor mich hin, »Lonely sunday« oder »Do it, Johnny, do it well«. Auf der Schwelle ein letzter Blick zurück. Die Füße von Papi hämmerten auf das Matratzenende, und sogar von Mami blitzte, weniger rhythmisch, dann und wann ein Stück Bein auf. Und im Hintergrund beteten die Zwerge in einer hymnischen Andacht. Keiner mehr achtete inzwischen auf seine Tarnung. – Am alten Ort dumpfte ich noch eine Weile vor mich hin, aber das heilige Feuer von vorhin war weg. Papi und Mami, sehr fern, klangen wie Getier aus einem Urwald. Später Stille. Noch später kamen die Kollegen zurück, nicht in der Kolonne, sondern zu zweit, zu dritt, nachdenklich die einen, wild schnatternd andere. Ich dumpfte längst nicht mehr, hörte erst Lochnas alt, Himmelblöe alt und Bös neu zu – sie sprachen alle drei gleichzeitig, nicht sehr erhellend –, dann Dunkelblöe und

Grausepp. Dunkelblöe, der mehr als erregt war, packte mich am Kragen und erklärte mir, seine Nase auf meiner, alles haargenau. Ich verstand kein Wort. Grausepp sagte nichts, nickte zwei drei Mal heftig. – Dann rangen wir noch ein bißchen miteinander. Dunkelblöe, ein Riese an Kraft, legte einen Zwerg nach dem andern flach. Auch mich. Als aber Rotsepp, just Rotsepp!, versuchte, mich auf den Rücken zu werfen, war er an den Falschen geraten. Ich lag fast sofort auf ihm, preßte ihn auf den Boden, bis er, die Arme um meinen Hals geschlungen und mit den Beinen in der Luft rudernd, um Gnade winselte. – Am Abend kamen Uti und Nana nach Hause. Sie waren bei Oma und Opa gewesen und spielten vor dem Nachtessen noch ein bißchen mit uns. Diesmal war ich es, der den Scheißer haben mußte – Nana japste vor Vergnügen, Uti gluckste –, und ich fühlte mich mindestens so lausig wie Grünsepp damals.

DAS Eßzimmer, das neben dem Papi-Mami-Zimmer lag, war ein problemloses, nicht sonderlich aufregendes Forschungsgebiet. Es lag auf der Südseite des Hauses der Küche gegenüber, und seine Tür stand, wie die der Küche, immer offen. Auch darum wurde das Eßzimmer bald zu einer Abkürzung, wenn wir ins Wohnzimmer gelangen wollten und den Weg am Hund vorbei scheuten, der zwischen Wohnungs- und Wohnzimmertür auf seiner verdreckten Matratze auf der Lauer lag. In der Westwand des Eßzimmers gab es nämlich eine Lücke, ein Tor geradezu, von dem ich lange Zeit nicht einmal wußte, daß man es mit einer Schiebetür verschließen konnte. (Das geschah später, ein paar Jahre später, als die ein schlaksiges Mädchen gewordene Nana dann im Eßzimmer schlief, nicht mehr mit Uti zusammen im Kinderzimmer.) Jedenfalls, weil es nicht viele Gründe gab, sich allzulange im Eßzimmer aufzuhalten, marschierte unsere Zottelkolonne, in der Regel ohne rechts und links zu schauen, auf dem direktesten Weg ins Wohnzimmer hinüber, »Heio« oder »Im Frühtau die Zwerge« singend. Im Wohnzimmer war das Leben einfach spannender. Es gab Regale voller Schautafeln, die das Funktionieren des menschlichen Gehirns oder einer Dampfmaschine der Stowchester-Baureihe erklärten, ein Grammophon, aus dem Beethoven so laut dröhnte, daß ich die Augen schloß und mit beiden Händen den Bart festhielt, obwohl dieser ja aus weißem Gummi ist, eine Voodoo-Puppe voller Nägel auf einem niederen Tisch. Das Aquarium. Der Vogelbauer mit den beiden Wellensittichen oder, bald einmal, mit dem einsamen grünen Witwer. Chinesische Porzellanbuddhas. Und im Erker, fern, der Rücken von Papi, der an seiner Schreibmaschine saß, vom Zwergenleben keine Ahnung hatte und trotzdem eine Gefahr war. – Im Eßzimmer war vergleichsweise nichts. Wenn der Hund dahergekläfft kam oder gar Mami auftauchte, konnten wir eigentlich nur unters Geschirrbüfett oder den Kasten mit der blauen Glastür fliehen. Aber das reichte. Im Eßzimmer war kaum je ein Mensch, auch essen taten Mami, Papi, Uti und Nana nicht hier. Sie blieben in der Küche, und nur, wenn Gäste kamen – Oma und Opa zum Beispiel, oder die Frau in den blumigen Kleidern –, setzten sie sich um einen großen runden Tisch, der in der Mitte des Raums stand, mächtig und elegant zugleich, mit vier naturfarbenen Eichenholzbeinen und einer Platte, die von unten wie ein schwarzes Totengewölbe aussah. Als ich, kurz nach meiner Ankunft, zum ersten Mal unter dem Tisch stand und zu seinen finstern Höhen hinaufsah, erklärte Dunkelblöe ihn für unbesteigbar. Auch Rotsepp und Grünsepp waren skeptisch. Die Tischplatte war zu hoch oben, als daß wir sie mit einem Dumpfsprung hätten erreichen können, und sie ragte weit über den Ansatz der Beine hinaus. Sie war spiegelglatt, das erkannte man mit bloßem Auge von tief unten. Keine Ritze, kein Spalt für einen Handgriff. Hoffnungslos, selbst wenn dort weder Steinschlag noch Sturmwind zu befürchten war. Aber ich setzte mir in den Kopf, den Überhang zu bewältigen, und ich schaffte es tatsächlich nach sieben oder eher siebzig oder vielleicht auch siebenhundert Versuchen. (Bös alt, als dann später Bös alt zu uns stieß und von meiner Heldentat hörte, bewältigte den Überhang auf Anhieb, flitzte ihn so locker und selbstverständlich entlang, als habe er schon immer den Rücken nach unten auf einer verkehrten Welt gelebt.) – Die Tischplatte, ihre Oberfläche, war auch schwarz, aber nicht dumpf wie die Unterseite, sondern glänzend. Spiegelglatt. Ich richtete mich auf und marschierte los. Mein Spiegelbild begleitete mich mit jedem Schritt, und als ich mich vorbeugte und nach unten sah, kam mir die Wölbung meines Bauchs bedeutender vor, als ich sie gern gehabt hätte. Ich stand jetzt in der Mitte des Tischs und sah mich um. Eine schier unendliche, makellose Fläche. Eine Stille wie auf dem Mond. Dünne Luft. – Eigentlich hätte ich mich sofort hinter meine wissenschaftlichen Aufgaben klemmen müssen. Oberflächenstruktur, Farbe, Lichtreflexionsfähigkeit, Temperatur. Aber dieser Spiegelboden war so schön, daß ich erst mit weiten Sprüngen herumsprang. Dann versuchte ich einige Chassés, Pas-de-deux und

Glissaden, pirouettierte mit hochgereckten Armen und einem schräggeneigten Kopf auf den Zehenspitzen, tanzte später auch etwas, was einem Schuhplattler glich. Ich brummte vor Vergnügen und haute die Hände im Rhythmus meines Tanzes auf die Oberschenkel. – Ich tobte gerade den Tischrand entlang, als ich, tief unten, Dunkelblöe, Rotsepp und Grünsepp über den Teppich sausen sah, die Rohre der Zentralheizung hoch und zum Fenster hin. Es stand offen! Das hatte es noch nie getan, noch nie! Ich stürzte mich in den Abgrund, landete auf dem Teppich und fegte so schnell die Heizröhren hinauf, daß ich zusammen mit meinen Kollegen den innern Sims erreichte und noch vor ihnen auf dem Sims draußen vor dem Fenster anlangte. Er war ziemlich breit, in einer leichten Schräge nach außen geneigt, aus einem Metall, Aluminiumblech vermutlich, das mit einer grobkörnigen grauen Schutzfarbe bemalt war. Vor allem aber war der Sims warm, wunderbar warm, von der Frühlingssonne so herrlich erwärmt, daß wir alle vier aufstöhnend niedersanken und uns wälzten und drehten. Rotsepp stieß einen Jodler aus, Grünsepp einen Jauchzer, Dunkelblöe ein kerniges Hoho, und auch ich gab irgendwelche Laute von mir. Dann saßen wir nebeneinander an der Abgrundkante, auf unsern Hintern, und baumelten mit den

Beinen. Unter uns lag der Garten. Grünes Gras, weithin, voller Margeriten, Wiesenschaumkraut und Löwenzahn. Vier oder fünf Birken warfen lange Schatten, etwas ferner auch ein Tulpenbaum. Wenn wir die Köpfe vorbeugten – ich tat das nur einmal und nur kurz –, sahen wir die Granitplatten eines Sitzplatzes. Auf einem Stein den Gummiknochen Bürschels, und bald diesen selber, klein und harmlos von so hoch oben. Die Wohnung lag zwar im Hochparterre, einem so hohen Hochparterre jedoch, daß kein Zwerg von den Fenstersimsen in den Garten hinuntergesprungen wäre, in den Abgrund. Selbst wenn ihm – wir sind ja aus Gummi – nichts geschehen wäre. Wir haben da ein Tabu. Bis zu etwa zwei Menschenmetern, immerhin rund fünfundzwanzig Zwergenlängen: kein Problem. So einen Sprung federn wir locker ab. Aber bei allem, was darüber ist, haben wir eine Sprunghemmung, die so radikal ist, daß sie genetisch codiert sein muß. – Der Eßzimmersims war dreißig oder mehr Zwergenlängen über dem Erdboden. Einem Schwächeren als mir wäre schwindlig geworden, so nah am Abgrund sitzend, und Grünsepp, der neben mir saß und wohlig vor sich hin grunzte, krallte sich tatsächlich mit beiden Händen in die grobkörnige Schutzfarbe. – Am Horizont war ein Wald. Die Sonne versank eben hinter seiner schwarzen Silhouette. Unsere Gesichter leuchteten rot. Bienen summten, und hoch im Himmel flogen Schwalben. Sogar als die Sonne weg und die Luft violett geworden war, konnten wir uns nicht losreißen. Glück, das war Glück. Aber endlich war die Dämmerung so düster und die Luft so kühl, daß wir uns doch hochrappelten. Wir schlüpften durch die Fensterlücke ins Eßzimmer zurück, gerade noch rechtzeitig, denn wir begegneten auf unserm Heimweg Mami – sausten unter das Geschirrbüfett und lugten vorsichtig aus dem Schatten hervor –, die wuchtig wie ein Husar zum Fenster hinmarschierte und es schloß. – Das Fenster war dann nie mehr offen, zwei Sommer und zwei Winter lang nicht, so daß auch dieses Erlebnis zu einem Mythos wurde, den sich die Jungen mit immer neuen Ausschmückungen immer wieder erzählten – die Geschichte vom vollkommenen Glück – und mit dem man uns Alte ebensooft aufzog. »So, ihr seid also die, die einen warmen Arsch gehabt haben!« sagten die später Angekommenen zu uns, wenn wir, Dunkelblöe allen voran, wieder ein bißchen mit den Pionierzeiten angaben. Ja, sie glaubten uns einfach nicht, vor allem nicht, daß ein Verweilen auf einem heißen Blechdach die Seele so erheben kann. Aber sie machten die Rechnung ohne den Wirt, Bös neu allen voran, der am meisten über unser Abenteuer an den Abgründen gespottet hatte. (Die Böse waren tatsächlich so schwindelfrei, daß sie sich, im Seil über der Garageneinfahrt hängend, gelassen die Nase schneuzten oder Scherzworte zuriefen.) – Item, wir durchquerten viel später einmal – wiederum, erstaunlicherweise, am hellichten Tag – und längst alle siebzehn das Eßzimmer, unterwegs zum Wohnzimmer oder gar zum Garten hin. Ich weiß nicht mehr, wer es war, ich glaube, Blausepp, einer rief jedenfalls: »Das Fenster ist offen!«, ein Echo jenes legendären Flüsterns von Dunkelblöe damals. Unsere Marschformation, die sonst mit einer selbstverständlichen Disziplin eingehalten wurde – Dunkelblöe zuvorderst, ganz hinten Grausepp –, brach augenblicklich auseinander. Zwar rief Dunkelblöe ein ums andere Mal: »In der Zottelordnung bleiben, bleibt!«, aber seine Befehle, die mehr und mehr wie Beschwörungen klangen, verhallten ungehört. Wir waren alle – auch ich, keine Frage – wie von Sinnen und kletterten schneller als jeder Irrwisch die Heizungsrohre hoch. Eine Nanosekunde später war ich oben. Ich war allerdings nicht der erste. Vor mir herrschte im Gegenteil bereits ein solches Gedränge – jeder wollte als erster durch den Fensterspalt –, daß ich mich gar nicht erst an dem Gerangel beteiligte. Zudem kannte ich ja den Sims. So schaute ich in aller Ruhe noch einmal ins Eßzimmer zurück. Eine düstere, stille Landschaft. Tief unter mir, im Dickicht des Teppichs, schlich Grausepp rückwärts auf den Kasten mit der blauen Tür zu, unter dem er, die eine Hand über den Augen, die andere hinter einem Ohr – ein Bild höchster Konzentration –, verschwand. Einige Augenblicke später tauchte er wieder auf, Panik im Blick, sah mich – ich winkte ihm, beide Arme schwenkend – und rannte, stolpernd und mehrmals hinfallend, zu den Heizungsrohren hin. Gleich darauf war er bei mir oben, grinste schief, stemmte die Arme in die Hüften und betrachtete die Rücken der kämpfenden Zwerge mit einer Miene, als sei ihm so ein Anblick tief vertraut. Neu Lochnas, der mitten in dem Pulk eingekeilt war und dessen Instinkt als Letzter-Mann-Stellvertreter mit der üblichen Verzögerung funktionierte, wandte den Kopf zu uns hin, sah Grausepp und rief: »Mann wieder an Bord!« Und schon kämpfte er weiter. Dunkelblöe brüllte: »Ordnung bewahren, bewahrt!« und: »Würde zeigen, zeigt!« – er stand direkt vor mir und stampfte bei jedem Wort mit dem rechten Fuß auf –, aber außer mir und vielleicht noch Grausepp befolgte kein Zwerg seine Anweisungen. Ich jedenfalls bewahrte Ordnung und zeigte Würde. Dunkelblöe lächelte mir über seine Schulter hinweg zu – Ordnung und Würde spürte er auch, wenn sie hinter ihm waren –, seufzte und murmelte: »Ungehemmtes Prügeln, prügelt!« Er war zu lange schon ein Chef gewesen, um nicht zu wissen, daß, wenn die Handlung nicht dem Befehl folgt, der Befehl der Handlung folgen muß. – Plötzlich aber schrien die Zwerge vorn, jene nahe dem Ausgangsspalt und gleich auch die andern, erschrocken, erregt, schrill. Irgend etwas war geschehen, irgendein Unglück. Grausepp nickte mir zu, als habe er genau das erwartet. Dunkelblöe rückte die Brille zurecht und stellte sich auf die Zehenspitzen. Ich warf mich zwischen meine Kollegen und boxte mich mit rücksichtslosen Ellbogenstößen zur Fensterscheibe vor. Draußen, auf dem Sims, war ein einziger Zwerg. Bös neu. Zuerst dachte ich, er tanze. Aber er tanzte nicht, er hatte ein schmerzverzerrtes Gesicht, heulte und brüllte und sprang in einem rasenden Tempo von einem Fuß auf den andern. Ein Veitstanz, dessen Grund ich nicht sofort erkannte. Dann begriff ich. Der Metallsims war nicht warm wie damals, er war glühend heiß. Es war der Hitzesommer von 1947 – ein Tropentag nach dem andern –, und die Sonne hatte das Aluminium seinem Schmelzpunkt nahe gebracht. Bös neu, der sich als erster durch die Lücke gerauft hatte, war mit soviel Schwung im Freien gelandet und von der Glut unter seinen Füßen so überrascht worden, daß er blind vorwärts gestürmt war und nun, fern der rettenden Luke, am Simsende um sein Leben tanzen mußte. Der Rückweg war weit, zu weit, und vor ihm war entweder der Abgrund oder fugenloser Sichtbeton. Die Zwerge brüllten ihm, wild durcheinander, gute Ratschläge zu, die sich alle widersprachen und die er jeden einzelnen für Sekundenbruchteile zu befolgen versuchte. Auch ich rief ihm durch das Doppelglas etwas Hilfreiches zu, nämlich, er solle sich an den Rolladenschienen in der Fensterecke festkrallen. Er sah mich an, mit weitaufgerissenen Augen, und ich deutete wild auf das Fensterende. Endlich verstand er mich, faßte mit einem letzten Tanzsprung nach der Schiene – schmal, aus Metall auch sie, rostig da und dort – und hielt sich an ihr fest. Da hing er, die Füße neben sich auf Hüfthöhe gegen den Beton gepreßt, Rücken und Hintern in sicherer Distanz über dem Glutrost, das Gesicht dem Himmel zugewandt. (Die Rolladenschiene hatte im Schatten gelegen und glühte nicht.) Er schluchzte, Bös neu, er wurde von Tränen des Schmerzes, des Zorns und der Demütigung geschüttelt. Und er stank. Er stank so sehr nach verbranntem Gummi, daß sogar ich, weitab und hinter Fensterglas, mir die

Nase zuhielt. Seine Füße waren geschmolzen, ja, sie waren keine Füße mehr. Sie waren Fladen geworden, zwei verschiedenförmige braune Gummiklumpen. Tatsächlich konnte Bös neu, wie alle Böse ein Bergsteiger und Extremkletterer von Gottes Gnaden, später keine Touren mehr machen, die den Schwierigkeitsgrad drei übertrafen. Die Große-Antennen-Besteigung, die Blitzableiter-Tour, aber auch schon die Normalroute der Hausnordwand blieben ihm von da an verschlossen. Sogar etwas so Simples wie den Eßzimmertisch schaffte er nicht mehr, wegen des Überhangs, der auch für ihn, wie für alle Böse, ein Spaziergang gewesen war. – Erst gegen Mitternacht kam er, von Bös alt und Neu Bös gestützt, ins Regal zurück. (Uti hatte ihn und seine Kollegen vermißt, aber dann kam das Ins-Bett-Gehen dazwischen.) Er hatte beide Arme um die Schultern seiner Freunde gelegt und starrte uns aus glasigen Augen an. Weil Mami auch diesmal das Fenster geschlossen hatte, mußte das Bergungsteam – die beiden andern Böse eben –, das zuerst an der Fensterluke bei ihm ausgeharrt und ihn mit Bergsteigerwitzen bei Laune gehalten hatte, vom Garten her über die Haussüdwand zu ihm aufsteigen und ihn abseilen. Es war eine riskante Aktion. Bös alt kletterte in der grifflosen Wand zum ersten Mal mit Nägeln und Ösen, die er im Werkzeugkasten Mamis requiriert hatte. Er schlug sie mit einem improvisierten Hammer – einem der gewichtigen Metallstücke, die in der Voodoo-Puppe steckten, und das er mit Mühe aus dem Puppenkörper herausgewuchtet hatte – in den Verputz und vertraute ihnen sein Gewicht genau so lange an, bis er den nächsten Nagel über sich eingeschlagen hatte. Tatsächlich brachen die Nägel und Ösen stets dann, wenn er sich eben an den nächsten hängte. Darum kletterte Bös alt in einem Affentempo, wie ein Sprinter. Er war hochkonzentriert und atmete dennoch mit bewußter Ruhe. Keine unbedachten Bewegungen, jeder Handgriff war zielgerichtet und präzise. Neu Bös, der am Fuß der Wand stand und das Seil durch seine Hände gleiten ließ, starrte atemlos nach oben. Es war Neumond, und auch seine Luchsaugen sahen nur die Umrisse von Bös alt. Aber er sah doch, wie dieser auf dem Sims ankam. Dieser war inzwischen so kühl geworden, daß Bös neu jetzt jenes Glück, nach dem er sich so gesehnt hatte, hätte genießen können. Aber der Kopf stand ihm nicht mehr danach, längst nicht mehr. Seine Hände hatten sich so sehr in die Rolladenschiene verkrallt, daß er die Finger nicht mehr lösen konnte. Bös alt brauchte eine halbe Stunde, sie ihm einzeln wegzuspreizen. Dann seilte er seinen verletzten Freund ab, behutsam, bis Neu Bös ihn unten in die Arme schließen konnte. Er band sich selber das Seil um und fegte, sich in eleganten Sprüngen von der Hausmauer abstoßend, zur Erde hinab. Dann schleppten die Retter den Geretteten die Terrassentreppe hinauf ins Wohnzimmer, quer durchs Eßzimmer, durch den Korridor. Bös neu weinte nicht mehr, aber er stank noch immer so, daß die gelbgescheckte Katze, die eben aus der Küche kam, Reißaus nahm. Wir begrüßten Bös neu mit herzlichem Hallo. »Wird schon wieder werden, Mann«, rief Neu Lochnas und haute ihm auf die Schultern. Und Vigolette neu rümpfte die Nase und murmelte: »Du riechst. Du solltest auf deine Hygiene achten.« Bös neu nickte und betrachtete skeptisch seine Füße. – Ich stand sprachlos da und dachte, das, was Bös neu da zugestoßen war, sei eine Katastrophe. Ich wußte noch nicht, daß eine Katastrophe alles in uns und um uns verheert und uns nur am Leben läßt, weil wir tot den Schmerz nicht spürten.

(WIR Zwerge – dies in Klammern – lebten in der Horizontalen. Wir dumpften zwar, und ich hatte den Eßtisch bestiegen. Sonst aber zottelten wir von da nach dort und zurück, ebenerdig. Es waren die Böse, die die Vertikale entdeckten. Es gab nichts, auf das sie nicht hinaufstiegen. Auf alle Möbel des Hauses, auch auf die Ständerlampe und die Hutablage. Dabei ließen sie es dann allerdings bewenden. Sie hatten Muskeln wie Stahlseile und Lungen wie Dampframmen und waren in allen Nächten – ein Unwetter mußte schon sehr garstig sein, um die Böse abzuschrecken – draußen im Freien. Sie bestiegen die vier Hausseiten auf zunehmend schwierigeren Routen. Die Ostwand mit dem Garagentor, die Südwand über die Terrassen, und auch die Westwand, die viel brüchiges Gestein hatte. Die größte Herausforderung – neben der Blitzableiterroute und natürlich der Großen Antenne – war die Nordwand in der Fallinie und wurde von ihnen dennoch gleich im ersten Winter bewältigt. Bös alt war der vorderste Mann am Seil – ein Stück von Papis Paketschnur; ein ganzer Knäuel lag auf dem Schreibtisch –, weil er, mag sein, eine Spur inspirierter als die beiden andern kletterte. Mit jener Intuition, die einen sekundenkurzen Luftstoß nutzen konnte und einen Haltegriff ahnte, auch wenn der unsichtbar und so schmal war, daß seine Fingerkuppen sich gerade zwei Atemzüge lang festzuhalten vermochten. Dann, gegen das Gesetz der Anciennität, folgte Neu Bös, und als letzter Mann Bös neu. – Ich hatte die drei begleitet und sah ihnen zu, wie sie in die Wand einstiegen. Eine kalte Vollmondnacht. Schon auf den ersten Seillängen – eigentlich noch im sicheren Bereich – kletterten sie mit einer Konzentration, als seien sie längst hoch am Berg. Sie waren schnell, sehr schnell oft, aber nie hastig oder ungewiß, und hielten das Seil kurz. Einen Sturz, wäre einer gestürzt, die beiden andern hätten ihn verhindert. Nur einmal, als Bös alt – nun schon bei der Gähen Kante auf der Höhe des ersten Stockwerks – eine grifflose Betonplatte queren mußte, gab Neu Bös ihm soviel Seil, daß er ihn wohl nicht mehr hätte halten können. Aber Bös alt huschte sicher wie eine Eidechse zum rettenden Klofensterrand hinüber und lotste von dort, beide Füße fest abstützend und das Seil Griff für Griff durch seine Hände laufen lassend, seine Bergkameraden zu sich herüber. Eine kurze Weile standen die Böse dicht nebeneinander; atmeten vielleicht doch tief durch. Ich winkte, aber sie sahen nicht nach unten. – Als sie unter dem Großen Riß waren, winzig wie Ameisen nun in der gewaltigen Wand, kam Wind auf. Es begann zu regnen, und plötzlich erfaßte eine Eisbö Bös alt und riß ihm die Füße weg. Mir stockte der Atem. Bös alt flatterte wie eine Fahne über dem Abgrund. – Eine Wolkenbank schob sich über die Wand. Als sie, Minuten später, wieder aufriß, war kein Böse mehr zu sehen. Nur Regenschlieren, die der Wand entlangsprühten. Ich rannte hin und her, den Kopf in den Nacken gelegt; warf sogar einen panischen Blick zum Fuß der Hausmauer. Meine Lippen zitterten. Kann sein, daß ich betete. Neue Wolken, endlich wieder ein Loch, das ein Stück Wand freigab. Da erblickte ich sie endlich, meine Böse, viel weiter oben, als ich sie gesucht hatte, über der Spinne bereits und fast schon unter den Überhängen der Dachrinne. Sie stiegen unbeirrt auf, inmitten der Schneegischt und von einem aus Dämonenmäulern heulenden Sturm umtobt. Minuten später hangelte sich Bös alt bereits, den Rücken über dem Abgrund, der Dachrinnenhalterung entlang, kriegte die Rinnenkante zu fassen, zog sich an den Armen hoch und verschwand auf dem Dach. Neu Bös und Bös neu taten es ihm nach, noch schneller. Der unsichtbare Bös alt zog so fest am Seil, daß sie mit ihren Handgriffen kaum nachkamen. – Später, als sie auch komplizierte Variantenrouten erfolgreich geklettert waren – als sogar die Große-Antennen-Tour zur Routine geworden war –, machten sie sich an die Bäume des Gartens: die vier Birken, die Magnolie während der Blüte, von Bienen umsummt, den Kirschbaum und einmal die Buche, als diese so voller herumwimmelnder Maikäfer war, daß sie weit unter dem Wipfelkreuz entnervt aufgaben. Das Apfelbäumchen, das lächerlich winzig war und an dessen einzigem Ast ein einziger Apfel hing, der, als Bös neu – unangeseilt und in albernem Übermut – gegen seinen Stiel trat, zu Boden stürzte, und Bös neu beinah mit ihm. Ja, sie bestiegen *alle* Erhebungen des Gartens, auch den Geräteschuppen und die Teppichstange und sogar den Komposthaufen, einen Hügel, auf dem gewaltige Kürbisse und walfischgroße Zucchetti wuchsen. – [Zwerge streben – eine Klammer in der Klammer – üblicherweise in die Tiefe, wenn sie die Horizontale verlassen. Nicht nach oben. Dazu nur dies: Im Hitzesommer von 1947, in der Tat am Tag vor Bös neus Unfall, krochen wir durch das Gangsystem der Gartenmäuse, die ganze Zottelkolonne, auf allen vieren, Kopf an Hintern. Die Gänge waren so eng, daß die Himmelblöe immer wieder steckenblieben und vorwärts geschoben werden mußten. Plötzlich überflutete uns, von hinten her über uns hinwegtosend, soviel Wasser, daß es den ganzen Korridor ausfüllte und uns mit sich riß. Wir schrien, wir gurgelten und traten uns in die Gesichter. Immer wieder stauten wir uns an den Himmelblöe, die im Wassergebraus staken, um Hilfe brüllten und endlich doch weitergeschwemmt wurden. Wir wirbelten auf und nieder und um Ecken herum und flogen, einer hinter dem andern, wie Champagnerkorken aus einem der Mäuselöcher ins Freie. Als letzter kam Grausepp, die Füße voran und »Wasser von hinten!« rufend. – Ich lag auf dem Rücken im Gras, japste und rang nach Luft. Irgendwo, nah, ein Gebrüll, als sei ein Tier wahnsinnig geworden oder ein Wahnsinniger ein Tier. Ich hob den Kopf. Der hagere Mann mit der Stirnglatze – der, der mit den Doggen und der Frau intim tat – hieb mit einem Spaten auf die Mäuse ein, die aus einem andern Loch als unserem flohen, auch sie vom Wasser ins Freie geschwemmt. Er brüllte, der Mann, seine Augen glühten. Er hatte den Gartenschlauch in ein drittes Mäuseloch gesteckt und das Wasser voll aufgedreht, und jetzt schlug er auf alles, was sich bewegte. Gewiß zehn oder auch zwanzig zerschmetterte Mäuse lagen um seine Füße herum. Blut überall, an den Mäusen, am Spaten, im Gras. – Wären wir aus jenem Loch gekommen, der Mann hätte uns in Stücke gehauen. Maus oder Zwerg, da machte er keinen Unterschied.])

VOM Wohnzimmer, dem mit Abstand größten Forschungsgebiet, habe ich ja schon gesprochen. Vom Grammophon, vom Aquarium, von der Voodoo-Puppe. – Vielleicht noch ein Wort zu Papi. Von hinten, in seiner Nische, sah er wie Uti heute aus, zum Verwechseln ähnlich. Dieselbe Glatze, dieselbe Strickjacke, dieselbe Ungeduld. Wie Uti heute war er unberechenbar, stand plötzlich auf, ging dahin, dorthin, manchmal direkt auf einen zu. Auch er – Uti machte es genauso – schimpfte mit seiner Maschine, als sei sie ein Lebewesen. »Na mach schon! Was soll das?!« Papi tippte allerdings mit *einem* Finger, einem einzigen, während Uti es im Lauf der Jahre geschafft hat, zwei von seinen zehn Fingern einzusetzen. – Einmal, es muß im letzten Winter vor der Trennungskatastrophe gewesen sein, kauerte ich im Schatten des Porzellanbuddhas am hinteren Rand des Schreibtischs – ich war die Vorhut der Großkolonne, die hinter dem Aquarium verborgen auf mein Alles-o.k.-Zeichen wartete –, als Papi lauter als sonst aufstöhnte und noch irrer auf die Tasten seiner Maschine einhackte. Er traf eine Taste so wuchtig, daß der Typenhebel abbrach. Der flog, Hebelarm samt Buchstabenkopf, wie ein Bumerang über den Schreibtisch, wie ein Bumerang allerdings, der nicht zurückkam, denn er klirrte zuerst gegen den Buddha und fiel dann in die Lücke zwischen dem Schreibtisch und der Bücherwand. Papi sah seinen Schreibfinger an, den Zeigefinger der rechten Hand, probierte, ob er ihn noch bewegen konnte – er konnte, aber er verzog die Mundwinkel dazu –, suchte den entflogenen Tastenhebel erst auf dem Schreibtisch und dann auf dem Teppich und auch im Regal und auf dem Fenstersims. Endlich legte er sich auf den Bauch. »Da bist du ja, du Mistvieh!« Ich sah von oben, wie seine Hand zwischen Staubschlieren und toten Fliegen herumtappte und das krummgeschlagene Metallding endlich zu fassen kriegte. Er zog es ins Freie, stand auf, nahm die Brille ab und hob es an die Augen. »Das H«, sagte er zum Buddha. »Schon wieder ist es das H. Na ja.« Er warf seinen entsprungenen Buchstaben samt dem Hebelarm in den Papierkorb. »Vielleicht geht's ja auch ohne.« Er setzte sich wieder an die Maschine und schrieb weiter. Aber nicht lange. Bald hielt er inne, las den in der Walze steckenden Text, stand auf, hob die Maschine hoch und warf sie in den Papierkorb. – Wie Uti später. Der warf seine Maschine – eine grüne Olivetti – sogar einmal aus dem Fenster, nur weil ihm eine Geschichte nicht gelingen wollte.

II

DER Tag, an dem Grünsepp verschwand, war warm. Heiß fast. Ein stahlblauer, wolkenloser Himmel. Bergfinken überall, ferne Pfiffe von Murmeltieren. Summende Hummeln. Grashüpfer. Schmetterlinge. Wir waren in den Ferien, in die Ferien verschleppt worden. Das geschah uns zum ersten Mal, aber auch in späteren Jahren waren die Ferien für uns eine heftige Anstrengung. Uti und Nana hatten unbeschränkt Muße, also wurden wir vom Morgen bis in die Nacht hinein gespielt. Tag für Tag von früh bis spät spielstarr zu sein, das nahm uns mit. Mich jedenfalls. Die Kinnlade schmerzte, die Zunge schmeckte nach Gummi, meine Beine taten weh. Ich stöhnte vor mich hin, wenn einmal ein Augenblick Ruhe war, schüttelte die Arme und Beine: und schon wurde ich wieder steif, weil das Gespiele erneut losging. – Der Ort hatte einen Namen, den ich nie verstand, etwas Südliches jedenfalls, und war in den Bergen. Eisluft, ein Gletscherhauch. Alpenrosen, Heidelbeersträucher, Glockenblumen. Kuhfladen. Kreisende Adler hoch über uns, die in der Wand eines schwarz in den Himmel ragenden Bergklotzes wohnten und nach

Murmeltieren ausspähten. Aber wer konnte es wissen, vielleicht gaben sie sich auch mit Zwergenfleisch zufrieden. Spielstarr, ungeschützt im Moos stehend, weil Uti und Nana gerade ein glückliches Zwergenpicknick spielten, konnte ich nicht einmal nach oben lugen. Jeder Flügelschlag, auch wenn er dann nur der einer Bergdohle war, ließ mein Herz erstarren. – Mir hatte niemand etwas von diesen Ferien gesagt, uns allen nicht, so daß schon der Aufbruch ein entsetzlicher Schrecken war. Das Aufwachen am Morgen war zwar noch wie immer – Gähnen, ein paar lockere Witzworte, ein Juchzer –, aber dann stürzte sich plötzlich Mami auf uns und schaufelte uns in einen Sack, einen Rucksack, in dem wir einer über dem andern lagen und nicht wußten, wie uns geschah. Es war stockdunkel, der Sack war zu. Wir traten auf den Bäuchen und Bärten und Hintern der andern herum, wühlten uns zurecht, bis sich jeder eine Art Platz geschaffen hatte. Ich war zwischen Himmelblöe alt und Neu Vigolette verklemmt, der kopfüber hing und mir seine Schuhe gegen die linke Wange drückte. War das das Ende? Erfüllten sich jetzt die Voraussagen unserer Katastrophiker, die seit Jahr und Tag darauf hinwiesen, daß alle Zwerge im Müll landen und jeder Müll verbrannt wird? Lochnas alt war der erfindungsreichste Prophet eines schrecklichen Endes. Er wiederholte unermüdlich, wie sehr uns, nach und neben der Müllabfuhr, Fleischwölfe, Häckselmaschinen und der Anstieg der Erdtemperatur über den Schmelzpunkt von Hartgummi hinaus bedrohten. Blausepp vertrat ähnliche Theorien. Auch ich war im Lauf der Jahre ein immer besserer Schwarzseher geworden. Ein Meteorit genügte, die Punktlandung eines Kiesels aus dem All, und es wäre aus mit dem unsterblichsten Zwerg. Ein bißchen stinkender Gummi da, wo er eben noch getanzt hatte. – Wie auch immer, ich hatte es Uti zu verdanken, daß ich nur kurz im Sack blieb und fast sofort wieder befreit wurde. Denn Uti und Nana kreischten beide, sie könnten nicht ohne ihre Zwerge unterwegs sein, sie müßten uns um sich haben, vor Augen, um so eine Reise auszuhalten, und als Nana sich auch noch am Boden wälzte – ich sah sie nicht, aber ich hörte sie gut –, als Uti es ihr sofort nachtat und dazu noch mit den Fäusten gegen den eigenen Kopf schlug, sagte Mami: »Na schön. Jeder einen.« – So machte ich die Reise in Utis Faust. Nana hatte Grünsepp befreit. Wir bekamen alles erklärt. »Das sind Kühe. Das ist ein Stationsvorstand. Das ist eine Ae 4/7.« Wir flogen, aus dem Zugfenster schauend, an Wiesen und Hügeln vorbei, an Dörfern mit Kirchtürmen oder Häusern mit Strohdächern, an Kasernen, an schmucken Fabriken, fuhren bald zwischen Felswänden, stiegen in einen andern Zug um, sahen auf Tannen, Föhren, Arven, wechselten in eine Art Bergstraßenbahn, staunten weiße Gipfel an, deren Abendschatten über eisblauen Gletschern hing. Bewunderten einen tiefschwarzen und gleich darauf einen magermilchblauen See. Saßen endlich – die Sonne ging hinter schwarzen Graten unter – in einem Postbus. Nur wir: Nana, Uti, Mami, Papi, Grünsepp und ich. Vorn der Fahrer, der auf einem Zahnstocher herumkaute. Aus dem Rucksack quietschten die Kollegen. – Der namenlose Ferienort lag zwischen steil aufragenden Bergflanken in einer grünen Ebene. Ein paar Häuser, zwischen ihnen die Straße. Das Haus ungeheizt, eine seit einem Jahr eingesperrte Luft. Die Böden Holzbretter. Kerzenlicht, in der Küche eine Öllampe über einem Tisch. Der Herd, in dem Mami sofort ein paar Arvenzapfen und Holz in Brand setzte, war die einzige Heizung. Ihn mußten wir meiden, dann waren wir auf der sichern Seite des Lebens. Keine Tiere. – All das konnten Grünsepp und ich in Ruhe betrachten, bevor die Kollegen aus dem Sack befreit wurden und erst einmal im Uti-und-Nana-Schlafzimmer auf den Nachttischen verteilt wurden. Jene, die eher Uti-Zwerge waren, kamen auf den Nachttisch beim Fenster vorn. Die Nananahen fanden sich bei der Tür wieder. Natürlich war ich ein Uti-Zwerg, und Grünsepp der von Nana. – Keine andern Möbel sonst – doch, ein einsamer Stuhl –, und auch an den geweißelten Wänden keinerlei Schmuck, wenn ich von einem vor Jahrzehnten an einem 14. Juli aufgegebenen Abreißkalender absah, auf dessen Karton der Kopf eines lachenden Hirtenbubs gezeichnet war. Mein Teil der Zwergentruppe – unter ihnen Dunkelblöe, zwei der drei Böse, Rotsepp und auch Grausepp – sah sich ratlos um. Alle machten tiefe Kniebeugen und Liegestütze und probierten aus, ob sie den Kopf noch drehen konnten. Auch ich profitierte davon, daß sich eine Weile lang niemand um uns kümmerte, weil Uti und Nana beim Auspacken der Koffer halfen, und teilte also meinem Truppenteil mit, daß wir in einem südlichen Ort ohne verstehbarem Namen seien, in den Ferien, und daß die nächsten Wochen kein Honigschlekken sein würden. Uti und Nana hätten schon die beunruhigendsten Pläne geschmiedet. Ins Heu springen, um die Wette schwimmen, Heidelbeeren suchen. Ununterbrochenes Zeheln. Schlangenjagd. Klettertouren im echten Fels. – Außer den Böse schaute keiner zuversichtlich. Neu Himmelblöe brach sogar in Tränen aus. Das weckte Dunkelblöe, der bis dahin stumm auf seine Schuhe gestiert hatte. Er schob mich zur Seite, breitete die Arme aus und erklärte uns – auch mir – die geographische Lage, das Aussehen, die Geschichte und die Etymologie des Namens unsres Ferienorts, obwohl auch er ihn nicht verstanden hatte. Er sprach so laut, so wirr, dermaßen selbstgewiß, daß wir andern uns besorgt ansahen und uns fragten, ob ihn die lange Fahrt ins Ungewisse ernsthaft traumatisiert hatte. Grünsepp, der fern auf Nanas Nachttisch just eine ähnliche Informationsrede hielt, verstummte. Der außer Rand und Band geratene Dunkelblöe brüllte, dies sei die Prüfung, die sein Gott – jener, der wie er selber aussah, nur größer – für uns vorgesehen habe. Er stand unter Schock. Er nannte unsern Ort eine uralte Siedlung der Hanse, weil er die Hanse für ein Bergvolk hielt, so wie es die Walser oder jene Sarazenen gewesen waren, die sich vor der Reconquista in die abgelegensten Alpentäler zurückgezogen hatten und zu dunkelhäutigen Eingeborenen mutiert waren. – In Wirklichkeit war das Ferienhaus eine Pferdewechselstation der Post gewesen – Stallungen, ein Dutzend Gästezimmer –, die inzwischen keine Kutschen und Fuhrwerke mehr, sondern jenen Bus benutzte, einen auch schon antiken FBW, der jeden Tag um 10 Uhr 10 und um 15 Uhr 30 (bergauf) oder um 12 Uhr 25 sowie um 19 Uhr 30 (talwärts) vor dem Haus hielt. Die Ställe waren leer, kein einziges Pferd nirgendwo, und sogar die Dieseltanksäule, die sie einst ersetzt hatte, rostete unbenutzt vor sich hin.

GRÜNSEPP verschwand so: Uti und Nana veranstalteten mit uns ein Wettschwimmen, ein Ausscheidungsrennen, bei dem immer zwei Zwerge zusammen starteten. Der Sieger kam in die nächste Runde. Der Wettkampf fand in einem kleinen Bach statt, einem Rinnsal fast, das trotzdem eine kräftige Strömung hatte und durch die Wiesen vor dem Ferienhaus floß. Nana startete die Wettkämpfer – die Paarungen waren ausgelost worden – bei einer kleinen Brücke, einem Brett, das die Ufer verband, obwohl ein Mensch, sogar ein kleiner Mensch wie Nana, den Bach auch mit einem Hupfer überspringen konnte. Das Brett lag für die Schubkarre des Bauern da. Weiter unten, nach etwa zwei Schwimminuten, kniete Uti auf einem ähnlichen Brückenbrett und fischte Sieger und Verlierer wieder heraus. Die Sieger warteten zwischen Grashalmen und getrockneten Kuhfladen auf ihren nächsten Einsatz, die Verlierer mußten sich, als Zuschauerkulisse, an den Bachrand stellen. – Das Rennen war schon eine Weile im Gang, und ich hatte mich bis ins Halbfinale vorgearbeitet. Mein Gegner würde Grünsepp, der, als krasser Außenseiter, im Viertelfinale Bös alt besiegt hatte. Bös alt war im spielstarren Bereich des Parcours an einem Grasbüschel hängengeblieben. – Mein Weg ins Semifinale war vom Losglück begünstigt worden: Neu Himmelblöe in der ersten Runde, im Viertelfinale Grausepp. Das waren Gegner, gegen die ich nur deshalb nicht gleich in der Spielstarre verblieb, weil das In-den-Wellen-Trudeln angenehmer war, wenn ich die Beine und die Arme bewegen konnte. Also tat ich ein paar Armzüge und Beinschläge, mehr nicht. Ein paar Sekunden lang fegte ich wie ein Luftkissenboot übers Wasser, dann ließ ich mich wieder treiben. Uti fischte mich auf und gratulierte mir, beide Male. »Klasse, Mann!« sagte er beim ersten Mal, »Spitzenzeit!« im Rennen gegen Grausepp, der tatsächlich fast doppelt so lange brauchte, wohl auch, weil er die meiste Zeit rückwärts schwamm. – Nana startete Grünsepp und mich korrekt, beide gleichzeitig auf gleicher Höhe, rief auch reglementsgemäß: »Grünsepp und Vigolette alt gestartet!« (Grünsepp war immerhin ihr Liebling; niemand hätte sie verpetzt, wenn sie ihm mit einem kleinen Schubser geholfen hätte.) Ich nahm's ruhig, mußte es natürlich auch ruhig nehmen, denn Nanas Blick verfolgte uns noch eine ganze Weile. Ich trieb vor mich hin und sah in den Himmel hinauf. Nach der Flußbiegung geriet ich aus dem Gesichtsfeld von Nana – war noch nicht in dem von Uti – und hatte meine Beweglichkeit wieder. Also drehte ich mich auf den Bauch und versuchte ein paar Crawlschläge. Sicher schon zwei Längen vor mir tobte Grünsepp in einem selbsterfundenen Butterflystil dem Ziel entgegen. Er war grotesk in seinem Eifer. Ich hätte mir gern gegen die Stirn getippt, wäre das nicht eine allzu schwimmferne Bewegung gewesen. So dachte ich nur, spinnt der, will der tatsächlich gegen mich gewinnen? Ich tauchte wieder ins Wasser ab und begann ernsthaft Tempo zu machen. Ich blieb beim Crawl, erhöhte aber die Schlagzahl der Arme und Beine auf mindestens das Doppelte, und zwar so lange, bis ich, von einer Sekunde auf die andere, spielstarr wurde. (Du siehst dabei den Menschen, der dich gleich erblicken wird, selber auch noch nicht: und schon kannst du kein Glied mehr rühren.) Kann sein – ich bin nicht sicher –, daß ich Grünsepp, als ich ihn neben mir ahnte, einen Tritt gegeben hatte. – Ich wurde von Uti ins Trockene gefischt. »Prima!« sagte er. Dann tat er eine Weile lang nichts – ich auch nicht, steif in seiner linken Hand –, kauerte nur auf dem Brett und schaute und rief endlich: »Grünsepp? Hast du Grünsepp nicht gestartet?« Nana, fern, schrie: »Natürlich habe ich ihn gestartet!« Uti sprang jäh in die Höhe. Seine Finger umkrallten mich so fest, daß der Bauchgummi meinen Rücken berührte. Er rannte mit mir in der Hand den Unterlauf des Bachs entlang, bis dieser zwischen Brunnenkresse und gelbem Hahnenfuß unter dem Anbau des Hauses in einem kleinen Tunnel verschwand. Auf der andern Seite kam er wieder heraus, das wußte ich, und Uti, der es auch wußte, sauste ums Haus herum. Seine Augen loderten nun in offener Panik. Er folgte dem Rinnsal schnell und aufmerksam in einem, bis dahin, wo es in einen weit größeren Bach mündete, einen reißenden Fluß, der um mächtige Felsen brauste und in einer Folge von Wasserfällen talwärts toste. Da standen wir am Ufer, sahen in die Gischt, in der kleine Regenbogen tanzten. Uti rief etwas, aber das Getöse war zu laut. Wir rannten den Weg zurück. Nana stand inzwischen beim Zielbrückchen, neben dem alle Zwerge versammelt waren, alle außer mir natürlich. Und außer Grünsepp. Ja, und auch Bös neu, der das andere Halbfinale gewonnen hatte, lag allein im Kuhdreck und wartete auf das Finale. »Grünsepp ist weg!« rief Uti und warf mich zu den Zuschauerzwergen. Das Rennen war wohl abgebrochen. Uti und Nana kümmerten sich jedenfalls nicht mehr um uns, sondern begannen den Bach vom Start bis ins Ziel und darüber hinaus abzusuchen, Elle um Elle, Meter um Meter. Sie tasteten unter ins Wasser hängende Gräser und hoben Moose und Wurzeln hoch. Wolken aus aufgewühltem Schlamm trieben davon. Es hätte ja sein können, daß sich Grünsepp in einer Liane verhakt hatte, in Algenfäden, an einem Uferstein. Uti hatte längst nasse Schuhe, Socken, Hosen, Ärmel. Nana schluchzte. Als Papi in der Ferne auftauchte – er kam von der Post und las gehend einen Brief –, rannte sie quer über die Wiese zu ihm hin: »Papi! Papi! Uti hat Grünsepp fortschwimmen lassen!« rufend. Uti, der gebückt mit beiden Füßen im Bach stand, lief zündrot an, vielleicht auch, weil er gerade einen Stein hochwuchtete, der so breit wie der ganze Bach und so schwer war, daß er ihn gleich wieder fallen ließ. Ein Gegischte, jetzt war Uti *ganz* naß. Die Zwergenkollegen, die zu merken begannen, was geschehen war, palaverten heftig miteinander. Ich, ich fühlte mich mehr und mehr elend, ich hatte das Gefühl, mitschuldig an Grünsepps Ableben zu sein, an seinem Verschwinden. Mein Tritt, durchaus unabsichtlich, hatte ihn vielleicht so benommen gemacht, daß er die Orientierung verloren hatte. Andrerseits, *deswegen* hätte ihn Uti doch nicht übersehen! – Es war dunkel, als wir endlich eingesammelt und auf die Nachttische verteilt wurden. Nana stellte ihre Zwerge so auf, daß alle die Lücke sahen, die das Verschwinden Grünsepps zwischen Lochnas alt und Neu Vigolette gerissen hatte. Grünsepp war verloren, das war mir klar, ich hatte ja, in Utis Faust, in die Wasserhölle geblickt, die ihn verschlungen hatte. Tosende Wasserfälle schwimmen auch Zwerge nicht hoch, sie sind keine Lachse. – Die nächsten Tage waren elend. Uti und Nana spielten kaum mit uns, und uns war auch nicht ums Herumalbern zumute. Also standen wir, obwohl wir anders gekonnt hätten, die meiste Zeit einfach so da. Einmal dumpfte Neu Lochnas ein bißchen, vom Fußboden auf den Stuhl und zurück, merkte dann aber selber, wie taktlos das war, wie erbärmlich, und kam zu uns zurück. Hie und da kam Nana mit verweinten Augen ins Zimmer und murmelte: »Grünsepp! Grünsepp!« Draußen, fern, ging Uti, stundenlang, und stocherte mit einem Stock im Bach herum. – Am Abend des dritten oder auch fünften Tags kam Papi erneut von der Post, rief: »Nana! Ein Paket für euch! Uti!« und kam quer über die Wiese zu dem Sandhaufen hin, wo wir von den Kindern gespielt wurden. Einigermaßen still zwar, in Trauer, aber immerhin. Wir hatten ein Bergwerk gebaut, einen Stollen, in dem wir nach Gold und Diamanten schürften. Papi legte ein kleines Paket vor das Stollentor. »Was ist das?« sagte Nana und sah, im Sand kniend, Papi an. »Woher soll ich das wissen?« antwortete dieser. »Mach's auf!« Nana nestelte an der Verpackung herum – der Absender war Franz Josef Huber, wer auch immer der sein mochte –, bis Uti sie ihr aus der Hand riß und einigermaßen grob eine graue Schachtel freilegte. Er wollte sie öffnen, aber Nana kreischte: »Ich! Ich!«, so daß beide, sich balgend, den Deckel aufrissen. In der Schachtel lag ein Zwerg, ein Sepp, ein spielstarrer oder noch gar nicht belebter, jedenfalls blitzsauber funkelnder Sepp. Er hatte ein gelbes Jöppchen an. »Das ist ja Grünsepp!« rief Papi und riß verblüfft die Augen auf. »Da ist er ja wieder!«

»Er hat aber ein gelbes Kleid an!« sagte Nana und schaute zweifelnd auf den zurückgekehrten Grünsepp.

»Er hat sich unterwegs ein neues gekauft«, sagte Papi. »Sein altes war kaputt, und im Laden gab es eben nur gelbe.«

»War er in den Ferien?« sagte Uti und schaute erst den gelb gewordenen Grünsepp und dann Papi an. Der nickte und sagte: »Ja. Und für den Rückweg hat er die Post genommen.« Er zeigte auf die Paketschachtel. »Das machen wir ja auch nicht anders.« Er strich Nana über die Haare, zündete sich eine Zigarette an und ging ins Haus. – Nana und Uti werweißten noch lange, wo Grünsepp wohl gewesen sei, was er alles erlebt habe und wie er zu seinem gelben Anzug gekommen sei. Schließlich einigten sie sich darauf, daß er schöne Ferien auf einer tollen Palmeninsel gehabt habe, in China, und daß die Chinesen in ihren Läden eben nur gelbe Kleider hätten. – »Ich bin so froh, daß du zurückgekommen bist!« rief Nana, hob ihren Grünsepp hoch und küßte ihn. Mir kam's so vor, als ginge ein Beben durch Grünsepps bewegungslosen Körper. Auch Uti strahlte. »Mann, Grünsepp«, sagte er und beugte sich zu ihm hinunter. »Ich hatte schon Angst, du seist den Bach runter.« – Als die Kinder endlich, endlich in der Küche waren und aßen oder mit Mami und Papi Elfer raus spielten, stürzten wir uns auf den Heimkehrer, der sich nun auch bewegte und schief grinste. »Erzähl!« und: »Warst du wirklich in China?« und: »Wie bist du in das Postpaket hineingekommen?« riefen wir alle durcheinander, sogar Dunkelblöe, der sonst stets eine radikale Neugierdelosigkeit an den Tag legte, die er mit Weisheit verwechselte. »Woher hast du das gelbe Kleid?« Aber Grünsepp schwieg, blinzelte nur, lächelte, lachte und umarmte uns immer wieder. Auch am nächsten Morgen, viele Tage lang, sagte er kaum ein Wort. »China«, murmelte er zuweilen. »Jaja. China.« Vielleicht hatte er Schreckliches erlebt. So zögerte ich lange, ihm die Frage zu stellen, die mir im Herzen brannte, traute mich dann aber doch. »Wer hat denn jetzt das Halbfinale gewonnen?« sagte ich zu ihm, als alle andern Ohren einmal woanders waren. »Du oder ich?« Aber Grünsepp lachte nur und schüttelte den Kopf.

WIR waren schon viele Wochen wieder zu Hause, im vertrauten Haus, und hatten uns daran gewöhnt, daß Grünsepp stumm geworden war. Er, der früher so unbeschwert geplappert hatte. Der ein so übersprudelndes Temperament gehabt hatte. Manchmal schien er an Gedächtnisschwund zu leiden. »Beim Aquarium vorn!« sagte ich etwa, und er schien nicht zu wissen, wo das Aquarium stand. »Der Fenek«, rief ich, »das war ein Spaß!«, und er lachte, sagte: »Ja, allerdings«, und schien sich dennoch unbehaglich zu fühlen. Auch überraschte ich ihn einmal – er wähnte sich allein im Zimmer – beim Dumpfen. Er sprang zwar präzise und auch ausdauernd, aber von der alten, überwältigenden Anmut fehlte jede Spur. – Hundertmal hatten wir die Geschichte seines Verschwindens rekonstruiert und ihm alles und jedes unserer gemeinsamen Geschichte in Erinnerung gerufen. Trotzdem war er sich seiner Position in der Zottelkolonne nie sicher – zwei oder drei – und spielte das Den-Scheißer-Haben, einst *der* Horror für ihn, plötzlich regelrecht gern. Er war ein guter Fußballspieler – das war er zuvor schon gewesen –, aber er fragte Bös alt, als der nach einer Ostwandbesteigung noch ein bißchen mit ihm herumkickte, ob er das nächste Mal mitkommen dürfe. In die Ostwand! Früher hatte Grünsepp es sogar vermieden, vom Kleiderkasten in die Tiefe zu schauen! Kurz und gut, ich nährte mehr und mehr den Verdacht, dieser gelbe Grünsepp sei gar nicht Grünsepp, sondern ein Schwindler, der sich die Privilegien erschleichen wollte, die Grünsepp, der Zwerg der ersten Stunde, ganz selbstverständlich genoß: der Liebling Nanas zu sein, und daß jeder von uns ihm mit höchstem Respekt begegnete. Ich hatte auch eine Erklärung für sein Schweigen: Er *konnte* gar nicht sprechen, vorerst wenigstens, er wußte nichts, nicht einmal, daß er ein Zwerg war, weil er, als Nana das Paket auspackte und ihn ansah, überhaupt erst zum Leben erweckt worden war. Nanas liebender Blick hatte ihn lebendig gemacht, vor unsern Augen. Seither machte er das Beste daraus und lernte, so wie wir das alle einst getan hatten und weiterhin taten: schnell und radikal. Auch er mußte alles nur einmal hören oder sehen. Aber *einmal* mußte es schon sein! Am ersten Tag – ich sehe noch heute, wie er rot anlief – hatte er noch nicht einmal gewußt, was ein Halbfinale war, geschweige denn, daß ich es gewonnen hatte. Er hatte mich noch nie gesehen, ich hätte auch schief gegrinst in seiner Lage. Aber bald hätte ich doch, mit den Sprachmitteln, die ich inzwischen erworben hätte, gerufen: »Ich bin nicht Grünsepp!« Aber nein. Er beharrte darauf, Grünsepp zu sein. Mildernde Umstände verdiente er einzig, weil Nana überglücklich war, daß sie ihren Grünsepp wieder hatte, wie gelb auch immer. Und Uti war es auch recht so: Grünsepps Rückkehr befreite ihn von seiner Schuld. – Trotzdem. Es war ein düsterer Winternachmittag, Schnee vor den Fenstern, alle Öfen bedrohlich heiß, als wir – Uti und Nana waren mit dem Schlitten draußen – müßig im Kreis saßen und, planlos und ohne großes Feuer, unsere Schnurren zum besten gaben. Neu Lochnas erzählte zum Beispiel, wie er sich einmal an den Schwanz Bürschels gehängt hatte und mit ihm durch den ganzen Garten gesaust war. Wir brummten zustimmend, obwohl ihm keiner die Geschichte abnahm. Dunkelblöe las ein paar Verse aus seinen Worten Gottes, die er im Kopf schrieb und aus denen er stundenlang zitieren konnte.

»Und es fegte daher ein eisiger Sturmwind und hub hinweg alles Zwergengeschmeiß, als da wuselte auf und unter der Erden.« Bös alt knurrte ein Bergerlebnis in seinen Bart, eine Geschichte auf Leben und Tod, denn er – und mit ihm die beiden andern Böse – waren in ein Gewitter geraten, als sie just den Abstieg von der Großen Antenne hinter sich hatten und auf dem Flachdach angekommen waren. »Dunkelblöes Gottesunwetter«, murmelte er, »war ein Dreck dagegen.« Ein Blitz krachte in den Antennenstab und fällte ihn, eine Stange aus Stahl, die die Böse, wenn sie sich zu dritt an den Händen hielten, gerade noch umfassen konnten. Die Einschlagstelle war keine zehn Fuß über ihren Köpfen, und wären sie noch auf dem Metall gewesen, hätten die 10 000 Volt sie verschmort. So schleuderte sie die Wucht des Blitzschlags nur quer übers Dach, bis in die Regenrinne. Die Antenne, ein tonnenschwerer Schiffsmast, fegte über sie hinweg und stürzte in den Garten hinunter. – Ich weiß nicht, was mich so plötzlich reizte. Ich ging jedenfalls zu Grünsepp hin und sagte: »Jetzt erzählst du uns, warum dein Kleid gelb ist!« Und als Grünsepp wie immer lächelte und die Schultern hob, brüllte ich: »Ich will dir mal was sagen. Du sprichst nicht! Du weißt nichts. Du dumpfst wie der letzte Mensch. Du bist nicht Grünsepp!« –

Es war, als hätte eine Bombe eingeschlagen. Alle standen mit offenen Mäulern da und sahen zwischen dem Angeklagten und mir hin und her. Grünsepp war weiß geworden, gummiweiß. Er nahm die Mütze ab, wischte sich den Schweiß vom Glatzkopf, legte beide Hände auf meine Schultern und sagte dann: »O.k. Zu meinem gelben Kleid bin ich so gekommen.«

»ES war das Große Schwimmrennen vom 28. Juli«, sagte er zu mir, zu allen andern, die sich im Halbrund um ihn stellten. »Ich hatte mich für das Halbfinale qualifiziert. Ich war der Favorit, das schon, aber mein Gegner war immerhin Vigolette alt. Ein ernstzunehmender Konkurrent, durchaus, durchaus.« Er nickte mir zu. Ich verzog keine Miene. »Der Start war regulär, und als wir beide aus dem spielstarren Bereich draußen waren, machte ich einigermaßen Dampf. Ich schwamm Butterfly, mit einer Frequenz von rund 180 Schlägen pro Minute. Vielleicht auch ein bißchen mehr. Vigolette alt blieb bei seinem Crawl. Korrekt, es war ja ein Freistilrennen. Einfach nicht sehr effizient. Eine gute Minute lang ließ ich meine beiden Arme mit einer so hohen Drehzahl arbeiten, daß Vigolette alt, hätte er zu mir hingeschaut, sie nur noch als sirrende Kreisel hätte wahrnehmen können. Als sei ich von Propellern angetrieben. Ihre Schubkraft war in der Tat so groß, daß ich zwei drei Mal abhob und knapp über der Wasseroberfläche dahinflog. Jetzt, ohne Widerstand, drehten die Armpropeller noch schneller, bis ich ins Wasser zurückklatschte. Als ich wieder starr wurde, hatte ich mehrere Längen Vorsprung. Ich sah zwar Vigolette alt nicht mehr« – weil ich *vor* dir schwamm, du Dussel, dachte ich –, »auch schwamm ich kopfunter und blickte auf Algenfäden und verschlammte Steine, aber es war klar, daß ich das Rennen gewonnen hatte, gewinnen würde, außer ich bliebe an einem Grasbüschel oder an einer Wurzel hängen. Ich blieb aber nicht hängen, im Gegenteil, ich schwamm und schwamm und schwamm, und just als ich mich zu wundern begann, konnte ich mich sogar wieder bewegen. Jetzt war ich alarmiert. Mir war sofort klar, daß ich über das Ziel hinausgeschossen war. Ich hatte eine dermaßen gute Zeit geschwommen, daß Uti noch seine Chronometer überprüfte, seinen Küchenwecker, als ich bereits unter der Zielbrücke hindurchfegte. Uti hätte, hätte er nur aufgepaßt, noch mein Kielwasser erkennen können. Aber der spähte nach der Bachbiegung und hatte Augen nur für seinen Vigolette alt, der weit weg seinem zweiten Platz entgegenplätscherte.« – »Na!« sagte ich und schnaubte. – »Natürlich versuchte ich sofort, ans Ufer zu schwimmen. Aber mach das mal«, fuhr Grünsepp fort, ohne mich zu beachten. »Der Tunnel war eine grifflose Röhre, und danach war die Strömung so stark, daß es mir ein einziges Mal gelang, ein paar Butterblumen vom Ufer abzureißen. Aber mich festkrallen, das schaffte ich nicht. Ich wurde in den großen Bach gespült. Den Fluß. Und da ging es erst richtig los.« Er sah auf seine Schuhe. Diesmal schwieg ich – die andern reckten neugierig die Köpfe –, bis er weitersprach. »Das Wasser packte mich. Ich wurde nach unten geschleudert, in die Höhe, gegen einen Felsen und gegen den nächsten und an einen dritten. Ich schlug mit dem Schädel gegen Klippen und mit dem Hintern an Riffe. Ich tanzte auf Gischtwellen. Wasserfälle wie Abgründe, es drehte mir den Magen um, als ich da hinunterstürzte, es verschlug mir den Atem. Einmal kreiste ich eine Stunde oder einen Tag lang in einem Wirbel und wußte nicht, wie hinausgelangen. Aber dann riß mich ein besonders starker oder zufälliger Brecher mit sich, und ich wurde, kopfüber, kopfunter, weitergeschwemmt. So ein in die Tiefe schäumender Bergfluß ist, als ob dir tausend unsichtbare Wassermonster Hiebe und Fußtritte gäben. Du kriegst eins an den Schädel, daß dir die Nase platt und das Kinn schief ist, und schon hast du einen Stoß im Bauch, der dich zu einem rechten Winkel faltet, während sich bereits Felsspitzen in deinen Rücken bohren. Wenn du die Arme hochwirfst, schlägst du sie gegen eine messerscharfe Kante. Du magst mit den Beinen strampeln, sie verklemmen sich in einer Kluft. Die Füße sind zwischen zwei Brocken verstrebt, der Rest des Körpers will weiter, muß weiter, und du spürst, wie du länger und dünnhäutiger wirst und daß dein Knöchelgummi zu reißen beginnt. Aber dann schießt du doch mitsamt deinen Füßen davon, noch einmal gerettet, knallst dankbar, daß du noch an einem Stück bist, gegen eine Nagelfluhwand. Dein Hirn singt, dein Herz schlägt jeden Stoß von außen vielfach mit, das Echo in deinem Innern dröhnt so vergrößert, daß du zu glauben beginnst, *du* seist die Quelle des Chaos und um dich herum herrschten Ruhe und Frieden. Du müßtest nur selber innehalten können, dann beruhigte sich der Rest auch.« – »Ich –«, sagte ich, aber die andern Zwerge zischten und legten die Finger an die Münder. Grünsepp kümmerte sich denn auch nicht um mich. »Einmal blieb ich am Fuß eines haushohen Wasserfalls«, sagte er, »der mir so auf den Kopf trommelte, daß mein Hirn loderte. Steine kamen nach unten gestürzt, Granitklötze krachten mir auf den Schädel, es machte keinen Unterschied mehr. Ich schrie, ein Schrei am Fuß eines Wassersturzes ist so laut wie der Todeslaut einer Mücke. Irgendwann wurde ich damit einverstanden, weitergeschleudert zu werden, ein Spielball der Wellen zu sein. Es wurde beinah schön, gegen eine Uferwand zu wummern, und schon ging's weiter, zum nächsten Kliff, über den nächsten Abbruch. Einmal schwamm eine Forelle neben mir, schaute mich aus runden Augen an, zuckte weg, während es mich in eine neue Tiefe zog. – Stunden dauerte das, Ewigkeiten. Oder nein« – Grünsepp faßte mich ins Auge, als wolle er mich beschwören –, »die Zeit wurde so nichtig, daß alles, was mir geschah, jetzt war. Jetzt, jetzt, nochmals jetzt. Es gab keine Dauer mehr. Verstehst du?« Ich verstand zwar, aber ich blieb unbewegt. Die Kollegen nickten, mit Ausnahme von Dunkelblöe, der den Kopf schüttelte. »Ich hätte ewig so weiterwirbeln können. Ja, wahrscheinlich ist die Ewigkeit nichts anderes als ein so rasender Ablauf der Zeit, daß wir es aufgeben, sie wahrnehmen zu wollen.« Jetzt nickte auch Dunkelblöe. »Dann wurde ich doch ans Ufer gespült«, sagte Grünsepp nach einer Pause, in der er mich nachdenklich angesehen hatte. »Die Gischt umspülte weiterhin meine Füße, aber meine Hände hatten sich in einem Gehölz festgekrallt. Ich zog mich aufs Trockene und robbte blind über Sand oder Schlamm. Dann durfte ich zusammenbrechen. Ich lag mit ausgebreiteten Armen, die Nase im Kies und das Maul im Dreck. Ahh!« – »Ahh!« machten auch seine Zuhörer; am lautesten Dunkelblöe. – »Ich rang so gierig nach Luft«, fuhr Grünsepp fort, »daß ich Dreck und Kies und Schlamm und Sand mitatmete und, längst im Trockenen, doch noch zu ersticken drohte. Ich hustete, keuchte, spuckte. In mir drinnen war ich voller Wasser bis hinauf zum Hals. Es schwappte bei jeder Bewegung herum und ließ mich, als ich aufzustehen versuchte, gleich wieder vornüberkippen. Ich wälzte mich auf den Rücken und ließ es durch das Loch im Kreuz wieder abfließen. Da war es auch hineingekommen. – Endlich stand ich, taumelte, wankte blind und mit den Armen rudernd. Die Trommelwirbel, die mein Herz schlug, wurden nun doch so langsam, daß ich die einzelnen Schläge unterscheiden konnte. Immerhin. Ich öffnete die Augen und sah an mir herunter. Befühlte mich von Kopf bis Fuß. Es war ein Höllenritt gewesen, weiß Gott.« Dunkelblöe, der neben mir stand, verkrallte sich in meinem linken Arm. Er war puterrot vor Anteilnahme. »Aber ich hatte wenig Schaden genommen.« Grünsepp beobachtete stirnrunzelnd, wie ich mich aus Dunkelblöes Klammergriff zu lösen versuchte. »Ein Wunder. Unsere genetische Codierung hat uns im Laufe der Evolution zu einer Hartgummihaut verholfen, die, geschätzt, einem Betriebsdruck von zehn oder mehr Bar standhält. Da, schaut, Hände, Nase, alles, als sei's neu.« Er hielt mir die Handflächen hin, und ich beugte mich über sie. Neben mir die Köpfe der Kollegen. Tatsächlich, das zarte Rosa eines Neugeborenen. Fabrikneu, in meinen Worten. »Der grüne Anzug allerdings sah jämmerlich aus. Am Bauch, an den Beinen, an beiden Armen war die Farbe weg. Da und dort noch ein paar Farbreste. Ich war gescheckt, ja, Glück im Unglück, ich trug so etwas wie einen Tarnanzug. Weiß, grün, weiß. Allerdings braucht unser Gummi einen Farbschutz. Im Alltag, langfristig. Wenn er der Sonne ausgesetzt ist, nimmt er Schaden.« Er klopfte auf seine Brust, seine Oberschenkel, als wolle er prüfen, ob seine neue Farbe, dieses satte Gelb, richtig hielt. »Dann hob ich den Kopf«, sagte er. »Eine Waldwand, direkt vor mir. Grün, alles grün – mein Mimikri war perfekt –, bis hinauf in den Himmel, den ich fern oben ahnte. Ich drang in den Wald ein, was blieb mir anderes übrig. Ich wand mich zwischen Brombeerranken und Farnen hindurch. Ging, wo es ging, aufrecht: kroch aber meist. Das Wassergetöse in meinem Rücken verklang. Die Bäume waren Riesen, mit Stämmen wie schwarze Mauern. Ich überkletterte einen Wurzelwall nach dem andern. Hinauf, hinunter, endlos: hinter jedem Wurzelgebirge, das ich überwunden hatte, wartete das nächste. Die Kronen dieser gewiß vieltausendjährigen Eiben oder Urzeittannen waren so hoch oben, daß sie über den tieferen Ästen verborgen blieben. Falls *sie* einen Himmel sahen, ich sah ihn nicht. Keine Lücke in den Blättern über mir. Eine so tiefe Düsternis, daß ich nicht wußte, war's Mittag, war es Mitternacht. Wie hätte ich in dem Wassergetümmel auf eine Tageszeit achten können. Ich balancierte auf wippenden Ästen und stürzte in Brennesselmoose. Schob Bambusrohre und Schilfhalme beiseite und wich aus schwarzen Kelchen tropfenden Giften mit Sprüngen aus. Ich ging, ich rannte. Denn wenn ich nur ein paar Atemzüge lang innehielt, drohte ich von diesem Dschungel überwuchert zu werden.« Er trat so nahe an mich heran, daß wir Nase an Nase standen. »Ja, Vigolette«, sagte er und sah mich aus eisblauen Augen an. »So ist das in der Natur. Du bleibst stehen, um nach einem Ausweg zu schauen: schon hat sie dich. Dein Fuß steckt fest. Du bist bereits ein Teil dieses Pflanzengeschlinges. Dieser sich über- und unter- und ineinanderschiebenden Stengel und Blüten und Dornen. Du magst dich wehren, du kannst um dich schlagen, eine Weile lang, du zerrst und stößt und drückst: du bist gefesselt für den Rest deines Lebens, für ewig im Zwergenfall. Vom Erdreich gefressen in wenigen Wochen, überwuchert von Schichten aus Humus und Wurzelgeflecht. Von einer Eiche platt gedrückt, von einer Zirbelkiefer, einer Steinbuche, die über dir in die Höhe schießen in wenigen Jahrzehnten, sich in andern Wipfeln verhakend, feindliche Stämme niederdrückend, bis sie splittern, bersten, zu Boden krachen. Der Urwald fühlt nicht, denkt nicht, kennt kein Mitleid, Vigolette alt.« Sprach er zu mir allein? Ich trat einen Schritt zurück. Auch Grünsepp entspannte sich und sagte, nun auch wieder zu Dunkelblöe und den andern: »Brandpilze, Wundschwämme, Schachtelhalme, Natternfarne, Bärlappe, Drachenschwänze, Süßwurzeln, Wacholder, Trummenschlegel, Froschkräuter, Bokkelhaare, Wollgräser, Wantelstengel, Töweriche, Schmilme, Karmswurzeln, Wildsafrane, Lauskräuter, Henkelmilliche, wilde Lilien, gelbe Ilgen, Brennesseln, Grindelwurze, Hundsbeerstauden, Walddisteln, Winden, Föhren, Zedern, Sequoiabäume: alle kämpften mit allen. Pausenlos, mit jeder ihnen möglichen Kraft. Jeder versuchte, den Nachbarn zu erdrücken, zu unterwandern, zu durchdringen, zur Fäulnis zu bringen, niederzuwalzen, zu zerquetschen. Auf den Bäumen wucherten Moose bis zu den Wipfeln hinauf, Efeu und Misteln, auf diesen Flechten, auf den Flechten Sporen und Keimlinge und Teufelszwirne, und es war nicht so, daß der Größere immer gewann. Mancher Gigant lag von Schwämmen zernagt im Unterholz, von Brombeeren zugewuchert. Ja, die Winzlinge schienen mir alles in allem die Sieger zu sein. Die Pilze. Sie waren so viele, daß sie den sichern Tod brachten, auch wenn in ihnen ebenfalls der Tod arbeitete. – Alle Pflanzen töteten still, ohne jedes Geräusch. Allenfalls, daß hie und da über dir ein gewaltiger Ast aus unabsehbaren Höhen zu Boden stürzte. Daß, fern, so ein Baumriese aufgab. Alle mordeten langsam, fühllos, unerbittlich.« Er seufzte. »Auch ich legte mich hin. Ich war am Ende.« Dunkelblöe, neben mir, schluchzte auf. Als er mir den Kopf zuwandte, waren seine Brillengläser beschlagen. Tränen rannen unter ihnen hervor und versickerten in seinem Bart. Auch die Kollegen hatten die Mützen abgenommen, wischten sich mit ihnen die Augen oder schneuzten hinein. Ich, ich behielt meinen Hut auf und blickte unter gerunzelten Augenbrauen hervor. »Du hast schon recht, Vigolette«, murmelte Grünsepp und runzelte die Brauen wie ich. »Ich war nicht am

Ende. Da war nämlich ein Kribbeln quer über dem Brustkorb. Ein Jucken.« Er sprach plötzlich sehr laut. »Ameisen!« – »Ameisen?« machte der Chor der Zwerge. – »Ja. Ameisen. Über mich gingen Ameisen, riesige Ameisen, eine hinter der andern. Sie tauchten über meinem rechten Arm auf, überquerten die Joppe direkt unter meinem Kinn und verschwanden im Abgrund der linken Seite. Jede trug ein Stück Wurm in den Maulklammern, einen Fetzen Frosch, einen Brocken Feuersalamander.« Ich hob und senkte beide Hände, um ihn zu beruhigen, und tatsächlich wurde er leiser. »Sie kamen aus dem Wurzelwerk einer Kiefer und verschwanden unter einem Vogelbeergestrüpp. Ich wollte aufspringen und mir die Biester vom Wams klopfen, als, von der Kiefer her, ein Ameisenbär auf mich zukam. Ich ließ mich wieder auf den Rücken fallen, stellte mich starr und lugte zu ihm hin. Er schob seine Zunge wie eine Schaufel vor sich her und leckte eine Ameise nach der andern auf. Diese blieben unbeirrt – er kam ja von hinten – und marschierten noch auf seiner Zunge ihrem Ziel entgegen. Der Ameisenbär schleifte die Zunge über mich hinweg – sie war feucht und klebrig – und war bald beim Vogelbeerstrauch angekommen. Ich lockerte mich und setzte mich eben auf – ich wollte, ich mußte weiter –, als ein Jaguar aus einem

Baum heruntersprang und sich im Genick des Ameisenbärs verbiß. Der drehte sich rasend schnell im Kreis, die schwarze Katze im Nacken, und sackte unvermittelt in sich zusammen. Logisch, daß ich jetzt aufsprang, solange der Jaguar, blind für mich, Fleischfetzen aus dem Ameisenbär herausriß. Die Winden und Wicken, die mich zu fesseln begonnen hatten, zerrissen, und ich befreite auch die Schuhe von den Schlinggewächsen, die sich schon fester über sie geschoben hatten. Als ich aber wieder zum Jaguar hinübersah, fuhr ihm eben, aus einem sattgrünen Gras hochschnellend, eine Klapperschlange an die Gurgel und biß ihn so schnell, daß er nicht einmal den Kopf wenden konnte. Er machte, von der hoch aufgerichteten Schlange beobachtet, ein paar Luftsprünge und stürzte dann hin. Lag reglos. Ich hob einen Fuß und ging los. Die Klapperschlange wand sich, im Triumph blikkend, durch das Gras, mit immer noch erhobenem Kopf, mir entgegen – aber auch einem Mungo, ihrem größten Feind, dessen Versteck ich auch nicht erkannt hatte und der, als die Schlange nahe genug war, rasend schnell seine Zähne in ihren Hals schlug. Sie peitschte das Gras mit ihrem Schwanz – Schmetterlinge flogen hoch – und lag dann bewegungslos. Ich rannte nun beinahe – auf die Lücke im Dickicht neben der Kiefer zu, die der

Ameisenbär gerissen hatte –, war aber noch keine zehn Schritte weit gekommen, als sich ein Schwarm Hornissen auf den Mungo stürzte. Jede Hornisse stach zu, wo auch immer sie konnte: ins Fell, in die Nase, in die Ohren. Der Mungo schnappte wie wild nach ihnen, und die, die er erwischte, stachen ihn, bevor sie zerbissen wurden, in den Gaumen, die Zunge, die Kehle. Bald lag er mit offenem Maul und rang nach Luft, so daß sich immer mehr Hornissen, nunmehr ungefährdet, über seinen Schlund hermachten. Der Mungo zuckte. War tot. Ich eilte, Hornissen hin oder her, weiter, als, wer weiß aus welchen Höhen, grellgelbe Vögel mit weit vorgestreckten Köpfen und spitzen Schnäbeln herniederstürzten. Sie schnappten nach den Hornissen, die über dem Mungo und auch mir herumtosten und gar nicht merkten, daß immer mehr von ihnen die Opfer dieser Goldamseln oder Zitronenzeisige oder Pirole wurden. Sie waren pfeilschnell und folgten abgesprengten Schwarmteilen sogar durch Lianenvorhänge und Blätterwände, in denen aber Nesseltiere oder Leimmilben oder vielleicht auch Kleisterschwämme lauerten oder einfach nur waren, deren Gifte ihre Federn so verklebten, daß sie taumelten und gegen die Bäume prallten. Einer der Vögel – doch eher ein Papagei? – blieb direkt vor meinen Füßen liegen. Sein rundes Auge sah zu mir hoch, und aus dem Schnabel kam – leise, sehr leise – ein Zwitschern oder Singen. Noch bevor das Auge brach, während er sein letztes Lied hauchte, verschwanden seine Federn und gleich auch sein Kopf mitsamt dem Auge unter einer Million Käfer und Würmer, von denen ich eben noch keine Spur gesehen hatte. Als ob die Natur eine Decke über ihn breitete. Ich trat ein paar Schritte zurück und wußte, als ich stehenblieb, kaum mehr, wo der Vogel gewesen war.« – »Was du durchgemacht hast«, flüsterte Dunkelblöe und sank vor Grünsepp in die Knie, »so was hat keiner von uns durchgemacht, was du durchgemacht hast.« – »Plötzlich hörte ich«, sagte Grünsepp zu mir. »Ich *hörte*, verstehst du?« Er legte Dunkelblöe, ohne den Blick von mir abzuwenden, eine Hand auf die Zipfelmütze. Segnete er ihn? »Der Wald schrie. Gürteltiere, Stachelschweine, Waldspitzmäuse, Faultiere, Erdferkel, Sumpfbiber, Mandrille: sie schrien. Sogar die Vögel – Stieglitze, Haubentaucher, Nachtigallen – schrien, weil dieser Dschungel nur die Panik kannte. Auch das Hauchen des sterbenden Goldvogels war ein Schrei gewesen. Einfach so, still, starb kein Tier.« Er nickte mir zu, der gelbe Grünsepp. »Der Wahnsinn war das Normale. Der Irrsinn war der Alltag. Kein Wunder, daß auch ich um meine sieben Sinne kämpfte. ›Ruhig, Mann!‹

sagte ich zu mir, während ich den zerfleischten Ameisenbär, den Jaguar mit seinen gläsernen Augen, den abgebissenen Kopf der Klapperschlange, den dicken Hals des Mungos, die überall herumliegenden Hornissenreste und die über dem Vogel wimmelnden Würmer und Käfer betrachtete. ›Wilde Tiere fressen keinen Hartgummi!‹ Das beruhigte mich auch einigermaßen, und ich ging erneut auf die Lücke im Gehölz zu. Ich wollte mich, endgültig, durch nichts mehr aufhalten lassen. Als mir aber unter der genau gleichen Wurzel hervor die gleiche Ameisenkolonne entgegenkam, Ameise hinter Ameise, alle mit einem Stück Beute in den Tragezangen: da ging auch ich aus dem Leim. Ich riß den Mund auf und schrie.« Er schrie seinen Schrei von damals, ein so schrecklich lautes Geheul, daß wir alle hintereinander Schutz suchten, ich hinter Dunkelblöe, Dunkelblöe hinter mir, und alle andern hinter uns. »Ich schrie wie alle. Ich preßte beide Hände auf die Ohren, schloß die Augen, beugte den Oberkörper weit vor – im rechten Winkel – und rannte los. Brüllend, blind, taub. Natürlich knallte ich kopfvoran gegen Bäume, stolperte über Wurzeln und verfing mich in Farnen. Ich tobte einfach vorwärts und hielt keine Sekunde lang inne, nicht mit Rennen, nicht mit Schreien. Der Todesschrei eines Zwergs, es kann ihn gar nicht geben. Ich schrie ihn ununterbrochen. Daß du unsterblich bist, der Glaube vergeht dir im Wald im Nu.« – »Daß er das überlebte!« Dunkelblöe wandte sich, so wie Grünsepp es die ganze Zeit schon tat, auch an mich; als hätte ich irgendeine Schuld an Grünsepps Abenteuern. »Er ist nicht Jesus«, fuhr ich ihn an, von seiner Anbetung genervt. »Er ist Grünsepp!« – »Daß ich Grünsepp bin«, juchzte Grünsepp und breitete die Arme aus. »Darum geht es doch die ganze Zeit.« Er strahlte mich an. »Das wäre also geklärt. Ich komme zum Schluß. Plötzlich nämlich spürte ich keinen Widerstand mehr. Keine Äste, die mir ins Gesicht schlugen. Keine wilden Reben, an denen ich hängenblieb. Dafür eine neue, klare Luft. Ich blieb stehen. Richtete mich auf. Atmete tief ein und aus. Blinzelte und hob, für eine Sekunde, die Fäuste von den Ohren. Das Schreien des Waldes war kaum mehr zu hören, und ein grelles Licht blendete mich. Sonne! Also ließ ich die Arme sinken und öffnete die Augen ganz. Unter mir, unter einem steilen Abhang voller Ginster und Stoppelgras, lag eine weite Ebene – ein paar Augenblicke lang dachte ich gar, ich sähe das Meer –, und über mir wölbte sich ein blauer Himmel. Ich war am Waldrand angelangt. Ich setzte mich auf ein Band aus trockenem Laub und lehnte den Rücken gegen den letzten Baum. Die Erde hatte mich wieder. – Die Ebene war ohne jeden Hügel, braun, zum Horizont hin blau. Zuerst dachte ich, sie sei, bis auf das Steppengras und ein paar vereinzelte Bäume, leer und öd. Aber bald sah ich Menschen – sie waren klein von hier oben, winzig; menschliche Wesen aber gewiß –, die in langen Zügen von da nach dort gingen, Frauen mit Tuchbündeln und Plastikeimern auf dem Kopf, mit Kindern an Händen und Rockschößen, Männer auch, alte, junge, die an Krücken gingen, sich auf Stöcke stützten und, selber einbeinig, eine greise Großmutter auf dem Rücken trugen, ein Menschenbündel mit einem Gesicht aus Runzeln. Die Flüchtlingszüge gingen kreuz und quer, begegneten und durchkreuzten sich, und manchmal reihte sich ein Teil der Fliehenden in einen querenden Zug ein und ging nun, statt dahin, dorthin. Es gingen aber nicht alle, es floh nicht jeder. Die Ebene war übersät mit Menschenkörpern, die bewegungslos lagen, zerfetzt, zu Blutbündeln geschossen oder von Gewehrkolben erschlagen. Tot. Die Fliehenden gingen zwischen ihnen, über sie hinweg, ohne sie anzusehen. Einem Mann steckte ein Pfahl im Bauch, aber eben wuchtete ihn ein Fliehender aus dem blutigen Fleisch heraus, er brauchte ihn. Er hängte seine Bündel daran und hob ihn mit roten Händen auf eine Schulter. Eine Frau zerrte einer Toten die Schuhe von den Füßen. Eine Mine ging hoch, es gab ein kurzes Schreien, eine Verwirrung, bis sich die Fluchtkolonne neu bildete und bald wieder so trottete, als sei nichts gewesen. Zwei drei Körper blieben liegen, mit verdrehten Beinen und Armen. Weit weg, im blauen Dunst, brannte ein Benzinlager oder eine Erdgasleitung. Schwarzer Qualm stieg in den Himmel. Explosionen jetzt auch dort, dumpf. Eine ferne Kolonne aus Panzern war stekkengeblieben – ja, jetzt erkannte ich eine Brücke, die gesprengt worden war und einen Panzer in die Tiefe hatte stürzen lassen. Er lag, die Panzerketten nach oben, im Wasser eines Rinnsales. Soldaten rannten auf dem Brückenrest, ein paar wateten im Wasser. Helikopter über ihnen, ich hörte ihre Motoren. Auch knatternde Maschinengewehre, schwer zu sagen, wer auf wen schoß. Alle auf alle, würde ich sagen.« Er schwieg, und wir schwiegen auch. Sogar Dunkelblöe sah auf seine Schuhe. »Da, wo ich war, war trotzdem der wunderbarste Friede«, sagte Grünsepp dann doch, nach einer langen Pause. »Keine Raubtiere hier, keine Wucherpflanzen, und der Menschenkrieg fern. Eine warme Sonne. Ein wohliges Glück überschwemmte mich. Ich seufzte, stöhnte auf, reckte die Arme und lachte. Ich glaube, ich sang sogar ein Lied, und als

ich merkte, daß es der Zottelgesang war, rannen mir, mitten in der Beglückung, ein paar Tränen über die Wangen.
›Hübsches Lied‹, sagte eine Stimme. ›Hab ich früher auch gesungen.‹
Ich hob den Kopf. Vor mir stand ein, ja was?, eine Art Zwerg, ein Riesenwichtel, denn er war gewiß drei Fuß größer als ich. Ein Hüne. Er bestand vor allem aus Haaren – kein Gummi, alles echt –, die wie ein graugelber Helm von seinem Scheitel bis weit über die Schultern herabhingen und so dicht wucherten, daß ich Augen, Nase, Mund kaum sah. Ein gewaltiger Bart bedeckte Brust und Bauch. Er hing voller Brennesseln und Beeren. Kleine Äste und Wurzelreste waren in ihn eingewachsen. Dieser Wichtelgreis hatte sich im sechzehnten Jahrhundert zum letzten Mal gekämmt, oder vor den Kreuzzügen. Auch sein Gewand sah wie die Natur selber aus, auch wenn es einst blau gewesen sein mochte. Auf seinem Kopf trug er eine Mütze, die den Zipfel verloren hatte und zu einer Röhre geworden war, aus der ein Haarbüschel wie ein Großbrand emporloderte. Seine Augen blickten matt, in seinem Mund steckte ein einziger Zahn. Er roch. Trotzdem war ich froh, auf jemanden zu stoßen, der zwergenähnlich aussah und meine Sprache zu sprechen schien.

›Solltest du nicht alleine singen, das Lied‹, sagte der Wichtel. ›Macht dich noch einsamer, als du's eh schon bist.‹

Er schwieg und schien über die Ebene hinwegzublicken.

›Was geht da unten vor sich?‹ sagte ich. ›Ist ja entsetzlich.‹

›Ist es das?‹ Der Wichtel blinzelte mich an. ›Ich hatte früher eine Brille. Da saß ich stundenlang hier und sah den Menschen zu. Zuerst schlugen sie mit Fäusten aufeinander ein, dann mit Stöcken, später mit Keulen und Schwertern, dann schossen sie mit Kanonen, und dann ging meine Brille kaputt. Ich hatte mich draufgesetzt, ich Blödmann.‹ Er lachte. ›Kein Schade. Es ist jetzt sicher nicht anders als damals. Wer bist denn du?‹

›Grünsepp‹, sagte ich. ›Ich heiße Grünsepp. Mich hat's die Wasserfälle hinuntergespült.‹

›Huber.‹ Der Wichtel deutete einen Diener an. ›Franz Josef Huber. Ich bin der letzte meines Geschlechts. – Soso. Grünsepp. Du bist also den Bach runter. Und jetzt willst du wieder heim.‹

›Wissen Sie den Weg?‹ rief ich.

›Da durch‹, sagte er, ohne in eine bestimmte Richtung zu blicken. ›Bis zum Horizont, und dann nach rechts.‹

›Anders geht es nicht?‹ Zwei Kampfflugzeuge fegten über uns hinweg und feuerten ein paar Projektile in den Horizont. Ein Feuerball loderte hoch, und ein paar Sekunden später hörte ich den leisen Lärm der Explosion. Die Flugzeuge verschwanden im Azur.

›Ich kann dich per Post schicken‹, sagte der Wichtel. ›Kostet aber Porto. Zwei achtzig, würde ich schätzen. Fünf zwanzig, wenn ich dich eingeschrieben schicke.‹

›Woher soll ich ein Porto nehmen?‹ rief ich. ›Wir Zwerge leben ganz ohne Geld.‹

Er sah mich nachdenklich an. Dann nickte er. ›Du wärst mein erster Auftrag seit Thurn und Taxis. Ich glaub, ich nehm dich auf meine Kappe. Komm, los!‹

Er ging mit schnellen Schritten den Waldrand entlang, ohne sich darum zu kümmern, ob und wie ich ihm mit meinen kurzen Beinen folgte. Aber natürlich kugelte ich eifrig hinter ihm drein, stolpernd und springend, während er trotz seinem Tempo jeden Schritt sicher setzte. Er brummte in sich hinein. Ja, er sang. Er sang mein Lied von eben, unser Heio!, mit ein paar archaischen Tonfolgen drin und Wörtern, die ich nicht verstand. Aber als ich auf gut Glück mit meinem Kindersopran mitsang, rief er mir über die Schultern zu: ›Tut gut, in einer Kolonne zu gehen. Ich war

immer der vorderste Mann. Du, als letzter, müßtest eigentlich rückwärts gehen.‹
Er wandte sich nach mir um, und dies keine Sekunde zu früh, denn er konnte gerade noch ›Paß auf!‹ rufen und mich am Arm mit sich reißen, als ein Schatten den Weg verdunkelte und eine Reihe von Zähnen, die so groß wie ich und scharf wie Dolche waren, neben mir in den Boden fuhr. Dahin, wo ich eben noch gewesen war. Der Wichtel zerrte mich unter eine Wurzel, in eine Baumhöhle, in der wir dann nebeneinander kauerten. Er zitterte, der Wichtel, und auch mich begann es zu schütteln. ›Der weiße Wolf‹, hauchte er. ›Der Eiswolf. Er hat alle meine Kollegen geholt. Alle hundert Jahre einen.‹ Er griff sich an die Stirn. ›Aber natürlich! Vor genau hundert Jahren habe ich ihn zum letzten Mal gesehen.‹
›Aber er wollte *mich* fressen‹, flüsterte ich ebenso leise. ›Nicht Sie.‹
›Du siehst appetitlicher aus‹, wisperte er in mein Ohr. ›Meinst du, ich laufe *gern* so verdreckt rum?‹ Er huschte zu einer Wurzellücke, durch die Licht drang, und winkte mir. Neben ihm kauernd lugte auch ich ins Freie. Da war er, der Eiswolf. Er war riesengroß, schneeweiß – beinahe eisblau – und hatte rote Augen. Er hechelte im Gras hin und her und sah unverwandt zum Eingang unserer Höhle

hin. Seine Zähne blitzten im Sonnenlicht. ›Er ist unser einziger Feind‹, flüsterte der Wichtel. ›Er läßt nicht locker, bis er dich hat.‹
›Mich?!‹ rief ich und preßte gleich beide Hände über meinen Mund. Der Wolf, draußen, war stehengeblieben und spitzte die Ohren.
›Oder mich. Oder beide.‹
Der Wichtel verschwand im dunklen Hintergrund der Höhle und begann dort – woher hatte er plötzlich die Laterne in seiner Hand? – im Erdreich herumzuwühlen. Ich sah weiterhin zu dem Eiswolf hinüber. Noch nie hatte ich etwas so Böses gesehen. Etwas so Schönes. Aß er nur Zwerge? Ich sah in seine rotglühenden Augen und hatte das Gefühl, daß auch er mich sah. Ein Blick wie ein Enterhaken, und wer weiß, vielleicht hätte er mich aus der Höhle herausgezogen, wäre nicht der Wichtel rechtzeitig zurückgekommen.
›Dacht ich's doch‹, sagte er gar nicht mehr sonderlich leise. ›Diese Wurzelhöhlen sind eigentlich immer die Aus- und Eingänge zu den Korridorsystemen von Mardern oder Dachsen oder Erdratten. Komm. Irgendwo werden wir schon einen andern Ausgang finden.‹ Wir krochen also, er vorne, ich hinten, durch einen knapp wichtelgroßen Stollen, hinunter, hinauf, um Ecken herum und auch in Sackgassen hinein, aus denen wir

rückwärts wieder zum Hauptgang dieses unterirdischen Labyrinths kriechen mußten. Aber in der Tat gelangten wir – nach einer Stunde oder so – wieder ins Freie. Der Wichtel streckte vorsichtig seine Nase in die Abendluft, lugte nach links und rechts und hievte sich dann ins Freie. Er reichte mir eine Hand, und auch ich stand im Schatten einer Eiche, hinter der das Licht des Waldrands leuchtete. Die Sonne ging eben unter. Ich war voller Dreck und Schlamm. Der Wichtel allerdings sah aus wie immer schon und huschte, ohne zu zögern, durchs Unterholz. Ich hinter ihm drein. Wir sprangen von Deckung zu Deckung und warfen uns im Hechtsprung hinter Äste oder Schilfbüschel. Als es endgültig dunkel war und ein großer Mond hinter den Ästen der Bäume aufging, gelangten wir zu einem Haus, einer Ruine eher, einem Trümmerhaufen aus Steinen und Balken, mit glaslosen Fenstern und einer schiefhängenden Tür. Der Wichtel ging hinein. Er hatte wieder diese Laterne in der Hand, nein, die geballte Faust selbst leuchtete, wenn er das wollte. Ich folgte ihm. Ein düsterer Raum, in dem ein langer Tisch und sechs oder sieben Hocker standen. Alle schief und krumm. Ein Spülbecken voller Geschirr, das mit Spinnweben überzogen war. Ein Schrank. Eine Treppe führte nach oben, mit einem kräftigen Geländer, dem da und dort die Streben fehlten.

›Seit die andern weg sind, bin ich selten hier‹, sagte der Wichtel. ›Ein Bier kann ich dir auch nicht anbieten, eine Milch. Mach's dir trotzdem bequem.‹ Er verschwand durch eine Tür im schwarzen Hintergrund. Ich setzte mich auf einen der Hocker und hörte, wie er im Nebenraum herumrumorte. Er fluchte. Endlich tauchte er wieder auf und zerrte eine riesenhafte Kartonschachtel hinter sich her. Überzwergengroß. Ich sprang auf und half ihm. Er lachte jetzt wie einer, der sich, eigentlich zu alt dafür, einen kindischen Scherz erlaubt, verschwand erneut und kam mit einer Schnur zurück, einem Seil, mit dem die Böse sich ganze Ostwände hätten herunterlassen können. Er schleppte auch noch eine Rolle Packpapier herbei. ›Das müßte gehen‹, sagte er und überblickte seine Materialien. ›Ja.‹ Er nahm eine Feder in beide Hände, auch sie so hoch wie er selber, und tunkte sie in ein Faß voller Tinte. ›Wie war die Adresse?‹

›Nana und Uti‹, sagte ich. ›Wie der Ort heißt, weiß ich nicht.‹

›Aber ich‹, kicherte er. Er schrieb die Adresse auf das Packpapier. Er hatte eine Schrift wie ein Gote oder ein Mönch aus dem hohen Mittelalter. ›Steig ein.‹

Ich legte mich in die Schachtel, und er klappte den Deckel zu. Es war schon ein bißchen wie ein Sarg, das schon. Er wickelte das Packpapier um die Schachtel, indem er mich auf die linke Seite, auf den Bauch, auf die rechte Seite und wieder auf den Rücken kippte. ›He!‹ rief ich. ›Au!‹ Aber er kümmerte sich nicht um mich, im Gegenteil, als er die Schnur um das Paket band, schüttelte er mich noch heftiger. Und als ich wieder ruhig lag, kratzte etwas direkt über meinem Gesicht. ›Was tun Sie denn jetzt?‹ rief ich.

›Ich schreibe den Absender‹, antwortete er, erstaunlich nah über mir. ›Vorschrift. Die werden staunen, deine Leute, wenn sie Post von Franz Josef Huber kriegen.‹ – Ja. Und dann brachte er mich zur Post, und da bin ich wieder.« – Er war fertig. Die Zwerge, meine Kollegen, drängten sich zu ihm hin und umarmten ihn. Jeder wollte ihm die Hand drücken. Dunkelblöe schmatzte ihn von oben bis unten ab, und auch Neu Lochnas küßte ihn. Sogar die Böse strahlten. Grünsepp genoß die Huldigungen und lachte. Aber dann bahnte er sich eine Gasse zu mir hin und stellte sich vor mir auf. Die Kollegen standen im Halbrund hinter ihm. Er sah mich an. »Das gelbe Kleid«, sagte ich. »Du hast nicht erklärt, wie du zu dem gelben Kleid gekommen bist.« – »Deshalb habe ich die ganze Geschichte ja erzählt!« rief Grünsepp und tippte sich mit dem Zeigefinger der rechten Hand gegen die Stirn. »Natürlich. Das gelbe Kleid. Also, das war so. Der Wichtel hatte da, wo auch seine Postsachen waren, so eine Art Lager. Zwergenbedarf, oder von früher zurückgebliebene Joppen, Mützen, Laternen, Hacken. Ich sagte ihm, eben, daß ich mit so einem Kleid nicht nach Hause kommen könne. So völlig zerschunden. Die würden mich ja nicht mehr erkennen, Vigolette alt oder Dunkelblöe oder die andern Seppen. Der Wichtel ging brummelnd und grummelnd zwischen den Regalen auf und ab und kam schließlich mit einem schweren Kübel und einem Pinsel zurück, der so groß wie ein Besen war. Menschenmaterial, eindeutig. Keine Ahnung, woher er *das* in dieser Einöde hatte. Ja. Ich stellte mich also hin, und er malte mich – zuerst hinten, dann vorn – von oben bis unten an. ›Aber das ist ja Gelb!‹ rief ich, als er auf meiner Vorderseite anlangte. ›Ich bin doch Grünsepp!‹ – Er knurrte nur so was wie: Kommt in die Pampas und stellt auch noch Ansprüche!, und malte weiter. Er war geschickt, kundig, er machte das nicht zum ersten Mal. Endlich nahm er mich an der Hand und schleppte mich zu einem Fön, einem uralten und riesenhaften Menschenfön, den er in Betrieb setzte, indem er mit einem Fuß gegen den Schalter trat. Woher hatte er Strom, mitten im Dschungel? Ich drehte und wendete mich in der warmen Luft, bis ich trocken war. ›Fertig‹, sagte er und stellte den Fön ab, indem er dem Schalter von der andern Seite her Fußtritte gab. *Dann* stieg ich in die Schachtel und wurde verpackt. *Dann* ging's zur Post. *Dann* war ich endlich wieder bei euch. Grünsepp noch immer, aber gelb.« – Ich umarmte ihn. Preßte ihn an mich, diesen tapferen Grünsepp, und spürte, wie die Tränen in mir hochstiegen. Meine Hände fuhren über seinen Rücken, drückten ihn da, drückten ihn dort. »He!« rief ich und ließ ihn los. »Du hast ja wieder eine Metallpfeife. Hat die dir der Wichtel auch eingesetzt?« – »Er hatte ganze Regale voll«, sagte Grünsepp. »Ich konnte sogar die Tonhöhe wählen. Ich sagte, ist mir wurscht, und er gab mir ein Normal-A.« – Ich drückte Grünsepp noch einmal, mit so endgültiger Innigkeit, daß er tatsächlich pfiff. Dann sah ich ihm in die Augen. »Grünsepp!« sagte ich. »Willkommen zu Hause!« Er sah mich ebenso an, aus seinen wasserblauen Augen, in denen, wie in meinen, Tränen standen. »Vigolette!« sagte er. »Du ungläubiger Vigolette alt!«

III

DIE Tage, Monate, Jahre verflogen. Vor den Fenstern schossen die Birken in die Höhe, und der Kirschbaum wurde so mächtig, daß die Böse den Schwierigkeitsgrad der Tour von 4 auf 8,5 anhoben. Das Holz des Regals, auf dem wir standen, wurde dunkler und dunkler, hatte endlich die Farbe eines Malzbiers, und auf der Abermeile, an deren Ende der Turm stand, waren drei Häuser gebaut worden, villenartige Gebäude, die zu erforschen wir nicht einmal erwogen, weil sie in der Tabuzone lagen. Wir beschränkten uns nach wie vor auf unsere Welt, geruhsamer halt, wir kannten ja schon jede Ecke. Auch die Böse, einmal abgesehen von Bös neus wunden Füßen, stiegen nicht mehr *jeden* Tag auf die Große Antenne oder die Nordwand hoch. Aber eigentlich verging die Zeit wie selbstverständlich, sie rann im Zwergenrhythmus dahin, und der mißt sich an der Ewigkeit. Ewig minus ein Tag, das war unser Lebensgefühl, und dieser letzte Tag schien noch sehr weit weg zu sein. Wir waren ja auch immer noch die alten. Die gleichen. Gut, ein paar Veränderungen hatte es gegeben, zum Schlechten hin, in Richtung Vergänglichkeit, aber sie waren kaum der Rede wert. Bös neu, das war ein Unfall gewesen. Eine Ausnahme. Das Loch in der Nase von Lochnas alt war größer geworden, klaffender. Die Farbe war bei manchem etwas abgerieben, besonders die Bäuche der Himmelblöe, die, nicht ohne Gründe, ständig gegen irgendwelche Hindernisse stießen, waren blankgescheuert und zeigten den nackten Gummi. Bei mir stand auch nicht alles zum besten. Ich böselte. Ich wollte es nicht wahrhaben, und es war auch beinah noch nicht wahr: aber der Gummi des linken Fußes wurde immer brüchiger. Mein Bröseln war allerdings nichts im Vergleich zu dem Rotsepps, der, als einziger von uns, wirklich arm dran war. Er sah wie ein Aussätziger aus, schon damals schlimmer als ich heute. Sein Gesicht war eine Kraterlandschaft, seine Hände waren am Abfallen und fielen bald einmal tatsächlich ab. Ihm drohte die düsterste Zukunft. Vielleicht war er bald nur noch ein halbes Gesicht, ein Stück Bauch, mehr nicht. – Trotzdem. In diesem Haus veränderten nicht wir uns, oder eben nur kaum: die andern Bewohner verwandelten sich vor unsern Augen in einem Tempo, daß uns angst und bange hätte werden können und sollen. Ich vernachlässige die Fische im Aquarium, die legionenweise auf dem Rücken im Wasser trieben. Ich spreche auch nicht vom Wellensittich, der immer gerupfter und kaum mehr grün aussah und dann auch tot von der Stange kippte, nicht von den Katzen und auch nicht von Bürschel, der den ganzen Tag vor der Wohnungstür herumdöste. Aber ich spreche von Nana und Uti. Welch ein Wandel. Wir konnten richtig zusehen, wie sie zu neuen Menschen wurden. In die Höhe schossen, sich in kürzesten Jahren so veränderten, daß ich sie kaum mehr erkannte und mich wunderte, daß Papi und Mami wußten, wer sie waren. (Auch Papi war grauer geworden, und Mami dicker.) Aus der einst stumpenkleinen und pummeligen Nana war ein schlaksiges Mädchen mit einem hellen Gesicht und einer fast langen Nase geworden, und Uti war jetzt ein großer Brocken mit einer tiefen Stimme, der Knikkerbocker und manchmal sogar lange Hosen wie Papi trug. Die beiden spielten immer seltener mit uns, und mir war das sogar recht so. Das ständige Gespieltwerden kann einem ganz schön auf den Geist gehen. Daß das der Anfang vom Ende war, das fiel mir gedankenlosem Trottel nicht ein. Eine Zeitlang war Nana wie eh und je aufs Spielen aus, und Uti, wiewohl immer widerwilliger, tat ihr den Gefallen. Schob uns hin und her, mit der Routine eines geübten Spielers und dennoch ohne Herz. Dann streikte er – es gab Tränen –, und Nana spielte uns allein. Sprach mit allen unsern Stimmen, auch mit meiner, obwohl das früher immer Utis Aufgabe gewesen war. Aber sie tat es immer seltener, nachdenklicher, und irgendwann merkten wir, daß sie überhaupt nicht mehr in unsere Nähe kam. Wir sahen sie zuweilen durchs Haus gehen, und später nicht einmal mehr das. Nun, die Wahrheit ist, daß wir den neuen Zustand genossen. Wir hatten plötzlich unermeßlich viel Zeit. Das war großartig, Zwerge langweilen sich nie. Immer fiel uns etwas ein, jeden Tag dachten wir uns eine neue Albernheit aus. Bauten zum Beispiel Pyramiden, so wie die Turner das tun, Zwergenpyramiden: unten, an der Basis, standen mit breiten Beinen die kräftigsten von uns, dann, auf deren Schultern, die Zwerge der zweiten Reihe und so weiter. Ein nach oben hin immer schlanker werdender Zwergenturm. Das Problem war, daß, wenn sechs von uns die Basis bildeten, zuoberst der abschließende Schlußzwerg fehlte – die Pyramidenspitze bestand dann aus zwei Zwergen –, während, wenn wir die Basis auf fünf Zwerge reduzierten, oben gleich drei einzelne Zwerge standen, jeder auf den Schultern des untern. Der alleroberste Zwerg war immer Rotsepp, weil, wenn auch nur *ein* Zwerg auf ihm gelastet hätte, wäre er in tausend Stücke zerfallen. Ich stand ursprünglich in der untersten Reihe – die Vigolette sind kraftvoll gebaut –, bekam aber meines linken Fußes wegen einen Dispens und rutschte immer weiter nach oben. – Bald machten wir aus der Not, daß wir keine harmonische Pyramide hinkriegten, wenn alle siebzehn sich an ihr beteiligten, eine Tugend und reduzierten die Basis radikal. Drei Basis-Zwerge nur noch – dann bildeten, einer über dem andern, zwölf Einzelzwerge die Spitze –, und einmal nur zwei. Diese Pyramide, ein Obelisk eher, war so instabil, daß sie sich nur wenige Sekunden lang hielt und alle lachend und johlend zu Boden purzelten. Natürlich versuchten wir uns auch an der Ein-Mann-Pyramide, aber die scheiterte daran, daß es Dunkelblöe, auf dessen Schultern nun alle andern lasteten, doch zuviel wurde, beziehungsweise daß Rotsepp nie schnell genug oben war, bevor der ganze Turm erst schräg wurde – Kreischen, Grölen, Hoho-Rufe – und dann zusammenbrach. – Natürlich wurde auch viel gedumpft, aber Grünsepp fand nie zu seiner alten Anmut zurück. Zu diesem unfaßbar eleganten Hochschnellen, zu seiner traumsicheren Präzision. Immerhin schämte er sich nun nicht mehr und zeigte seine Jämmerlichkeit, so wie wir alle es taten. Die besten Dumpfer waren jetzt Neu Himmelblöe und Bös alt. – Eine Zeitlang spielten wir auch gern ein Spiel, bei dem sich je zwei

Zwerge gegenüberstanden (der Sieger kam eine Runde weiter) und gleichzeitig die Finger der rechten Hand in die Höhe reckten, einen Finger oder zwei oder drei, vier, alle fünfe. Dazu brüllten sie, auch gleichzeitig und zusammen, eine Zahl zwischen eins und fünf. Es galt, die Anzahl der hochgestreckten Finger des Gegners zu benennen. Wer zuerst die richtige Zahl nannte, war der Sieger. Das Spiel erforderte eine harmonische Mischung aus Chuzpe und Psychologie. Dunkelblöe zum Beispiel, der Gottähnliche, zeigte fast immer alle seine fünf Finger, so daß es wenig Sinn machte, gegen ihn eins! zu rufen. Umgekehrt hatte Neu Lochnas Mühe, auch nur bis drei zu zählen, und ich streckte mit ihm immer nur vier oder fünf Finger in die Höhe. Natürlich gewann ich stets, sowohl gegen Dunkelblöe als auch gegen Neu Lochnas. Bei kühlen Pragmatikern wie Bös alt war es schwieriger. – Seltsamerweise spielten wir dieses Spiel fast immer auf italienisch. Uno, due, tre. Zuweilen versuchten wir es auch mit andern Sprachen, one, two, three oder egy, kettö, három. Aber auf italienisch war es am schönsten. – Es war eine großartige Zeit, an die ich kaum denken kann, ohne in Tränen auszubrechen. In den Wintern staunten wir die Eisblumen am Fenster an, während wir in den Sommern – nie mehr war ein Sommer so heiß wie jener eine – auf dem berühmten Fensterbrett lagen und unsere Hintern wärmten. Um so gräßlicher war das Ende. Die Trennung. Jede Katastrophe ist jäh, natürlich, aber wenn einer, wie ich damals, eine Katastrophe noch nicht einmal in seinen Träumen erwägt, ist sie noch verstörender. Sie ging so: Wir standen alle, mehr oder minder geordnet, auf dem Regal, da, wo wir hingehörten, als Mami ins Zimmer trat. Natürlich waren wir sofort spielstarr. Ich sah dennoch, daß sie eine große Schachtel in der Hand hielt und mit energischen Schritten zu uns hinkam. Und schon warf sie Zwerg um Zwerg in die Schachtel. Ich sah Blausepp purzeln, Vigolette neu und auch Neu Vigolette, Himmelblöe alt, Lochnas neu, alle, einen hinter dem andern. Ich sah aber auch, daß Uti, der riesengroß gewordene Uti, lässig unter der Tür stand, leise pfeifend, die Schulter gegen den Türrahmen gelehnt, die Füße locker gekreuzt. Er hielt die Hände in den Hosentaschen und sah Mami bei ihrer Untat zu. Selber ein Täter, weil er das Verbrechen zuließ. Dennoch: Als nämlich Mamis Greifhand immer näher kam – Grausepp, Bös alt, Neu Himmelblöe faßte –, als sie endlich auch nach mir griff, sagte er: »Vigolette alt nicht!« Mami sah ihn ratlos an, und Uti fügte hinzu: »Du hältst ihn in der Hand.« Mami warf mich ihm zu, er lachte, ein Mörderlachen, und steckte mich in seine Hosentasche. Es roch dort, es stank, und ich wußte nicht, ob ich gerettet oder das eigentliche Opfer geworden war, weil ich mich von all meinen Lieben getrennt wiederfand. – Die Erinnerung an sie – Zwerge können nicht vergessen – verblaßte später, weil der Schmerz sonst nicht auszuhalten gewesen wäre.

UTIS Hosentasche wurde zu meinem neuen Lebensort. Ich sah die Welt nicht mehr, ich roch sie. Ich teilte über Jahre hin meinen Lebensraum mit einem Taschentuch (zuweilen, eher selten, wurde es durch ein neues ersetzt), einem Brillenetui, einem Stift und wechselnd vielen Münzen in der Währung des Landes, das Uti gerade bereiste. D-Mark und Pfennigstücke, Francs, Drachmen. Er hatte Hummeln im Hintern, Uti, war immer unterwegs. (Ich habe jene erste Heimat nie mehr gesehen. Das Regal, das Fensterbrett, den weiten Blick zum Turm hinüber.) Marseille roch nach Fisch, die Provence nach Lavendel, Berlin nach Tränengas, Lissabon nach geplatzter Kanalisation, das Engadin nach Arvennadeln und Paris nach Zwiebelsuppe. (Wir waren in den *halles*.) Nach Uti rochen alle Reiseorte, und viele – Kap Sunion zum Beispiel, aber auch die Steiermark oder Bern – hatten so wenig eigenen Duft, daß ich *nur* Uti in der Nase hatte. – Selten, ganz selten ließ mich Uti ins Freie. Ich stand dann für eine Nacht auf einem fremden Nachttisch und staunte die geflammte Tapete eines Nullsternehotels an. Auf einer Insel der Kykladen – es war wohl Naxos – verbrachte ich ein paar Tage auf einem blauen Tisch und sah geblendet in ein glühendes Licht hinaus, auf eine grellweiß getünchte Wand und ein Stück Himmel, das noch blauer als der Tisch war. Spätabends kam Uti und legte sich neben mir ins Bett, und einmal sprach er sogar mit mir. »Alles paletti, Vigolette?« sagte er, wartete aber die Antwort nicht ab, so daß ich ihn nicht fragen konnte, warum ihm meine Freunde, die er ihrem Schicksal preisgegeben hatte, so wenig fehlten. – Ich litt, keine Frage. Aber ein Zwerg gewöhnt sich an vieles, und mit der Zeit fand ich das Herumreisen beinah anregend und bereichernd. (Merkwürdig übrigens, daß ich nie auf den Gedanken kam, einfach zu türmen. Wenn die Hose unbenutzt auf einem Stuhl lag, Uti im Tiefschlaf, hätte ich mich mühelos vom Taschentuch und dem Kleingeld verabschieden und ins Freie klettern können. Zum Fenster hinaus, ins Weite, ins Unbekannte. Naxos etwa wäre ein guter Ort gewesen. Dieses Licht! Diese Sonnenwärme! Aber aus irgendeinem Grund blieb ich an meinem Uti haften, als seien wir ein Herz und eine Seele.) – Und ich lernte zu hören! Ich habe die Höhepunkte der europäischen Kultur im Ohr! (Uti ließ kein Museum und keine romanische Kirche zwischen der Nordsee und Gibraltar aus.) In der Sixtinischen Kapelle ist mir die Lautsprecherstimme unvergeßlich – der Papst selber? –, die, während Uti und also auch ich mit winzigen Schritten vorwärts ruckelten, feierlich und in allen Weltsprachen immer erneut verkündete, daß wir jetzt bald die Sixtinische Kapelle beträten. Und dann, daß wir jetzt die Sixtinische Kapelle betreten hätten. Am Schluß, daß wir die Sixtinische Kapelle nun verlassen müßten, und ein herzliches Gottseibeiuns allen. Eine Zisterzienserkirche irgendwo südlich von Rom ist mir in Erinnerung, weil eine Frau engelgleich Vokalisen sang und ihre Töne sich in die Ewigkeit fortzusetzen schienen. – Und natürlich hörte ich unaufhörlich rauschende Wellen (Uti hatte eine Leidenschaft für das Meer), Schiffstuten, den Motor von Utis Motorroller, das Getöse einfahrender U-Bahnen, die mit Geknatter untermischten Musiken aus dem Transistorradio (am liebsten war mir Charles Aznavour, dessen Stimme und Aussprache meiner glich, und Cigliola Cinquetti), Gläserklirren und Tellerklappern in Kneipen. Flughafenansagen. Aber am meisten interessierten mich die Menschen. War das ein Gelärme oft, Uti gehörte nicht zu den Stillen im Lande! Grölgelächter, Hoho-Rufe, fast wie bei uns Zwergen! Am häufigsten allerdings sprach Uti mit einer Frau, deren Stimme leise war. Auch Uti brüllte dann nicht so sehr. (Später war dann auch noch ein Kind da, ein Mädchen, das ähnlich wie die Frau zwitscherte.) Für sie – für die Frau *und* das Kind – ging ich mehrmals große Risiken ein und kletterte, obwohl Uti jede Bewegung in seiner Hosentasche spüren mußte, zum Taschenausgang hoch. Vergeblich. Wenn ich endlich den Kopf ins Freie reckte, waren die Frau und das Kind längst weg, und Uti hieb blind auf meinen Kopf, weil er meinte, sein Bein jucke ihn. – Irgendwann war dieses Herumgereise vorbei. Uti lernte das Bleiben, und ich wurde aus meinem Stoffgefängnis befreit. Auf das neue Regal gestellt, neben den aus Lehm geformten Zahnarzt und seinen tönernen Patienten. (Das neue Regal glich dem alten in nichts. Weißer Lack und eine Aussicht auf eine Abermeile vor dem Fenster, die ein paar Dutzend Zwergenfuß lang war, mehr nicht.) Uti, wie gesagt, arbeitete und schlief in dem Zimmer. Nichts anderes. Aus dem oberen Stockwerk hörte ich zuweilen Stimmen. Leise, fern, das Haus war gut isoliert. Die Stimme

Utis erkannte ich trotzdem – er röhrte wie ein Hirsch –, und es kann sein, daß die andere, feinere, der Frau gehörte, die mir aus den Hosentaschenzeiten vertraut war. Zu mir herunter kam sie aber nie. – Das Kind wohnte wohl nicht mehr in dem Haus, war seinerseits so groß geworden wie einst Nana. Vielleicht war es die andere Frauenstimme, die ich gelegentlich hörte. Und da war wieder ein Kind, wieder ein Mädchen, und auch dieses Kind zwitscherte, als habe sich die Erde seinetwegen eben erst zu drehen begonnen. – Selten, sehr selten tauchte Esperanza auf, die Putzfrau, die mir Glied um Glied abschlug.

KEIN Zwerg hatte je getan, was Uti dann tat. Stundenlang auf die Tasten der Schreibmaschine einschlagen, das Papier aus der Walze reißen, es zerknüllen, ein neues einspannen. Scheitern, neu beginnen, besser scheitern. Also das nun wirklich nicht. Aber Geschichten hatten wir alle im Kopf, als wir noch zusammen waren. Jeder von uns, jede Menge. Wir erzählten sie uns auch immer wieder. Das war ein fast tägliches Fest. Wir saßen dann im Kreis um den Erzähler herum. Hingen an seinen Lippen, lachten, weinten, schwitzten vor Aufregung. Jeder von uns hatte das, was er für seine

Freunde vorbereitet hatte, wortgenau im Kopf, und manche, die Ehrgeizigen und die Begabten, feilten sorgsam an ihren Kopf-Geschichten: bis die Wörter leuchteten. (Einige – die Faulen und die *sehr* Begabten – improvisierten.) Natürlich gelang es nicht jedem gleich gut, seine Sätze und Zuhörer zum Leben zu bringen. Neu Lochnas zum Beispiel gab immer gleiche Abenteuergeschichten zum besten, deren Held fliegen konnte und in Not geratene Zwerge vor dem Rachen feuerspeiender Doggen rettete. Ein paar Getreue, darunter ich, saßen jeweils trotzdem um ihn herum. Bös alt war da schon von einem andern Kaliber. Um ihn scharten wir uns oft, und er berichtete, unbewegt wie eine Statue in unserer Mitte stehend, von klassischen Bergabenteuern, als englische Ur-Zwerge die ersten Kommoden ihrer Heimat in der Fallinie bezwangen, später dann die Außenwände von Cottages und endlich auch den Turm von Big Ben. Wie es sich anfühlte, als der vorderste Zwerg der Seilschaft – *the leading dwarf* – in einem Schneeorkan die Nordfassade des House of Parliament querte, die, während er an den Fingerspitzen hoch über dem *rush-hour*-Verkehr Londons hing, immer mehr vereiste. – Der großartigste Erzähler war allerdings Grünsepp, der gelb gewordene Grünsepp. Es war, als habe er unterwegs, bei seinem Wichtel, das Dumpfen gegen das Geschichtenerzählen eingetauscht. Vor seinem Verschwinden, als er noch grün war und dumpfte wie ein Gott, hatte er so leise in sich hinein gemurmelt, daß ich nicht ein einziges Mal die ganze Geschichte mitbekam. Kein Wunder, daß er stets nur wenige Zuhörer hatte. Nachdem er aber zurückgekommen und gelb geworden war, ließ sich keiner von uns je einen seiner Auftritte entgehen. Wenn er beiläufig sagte: Übrigens, ich hab mir wieder was ausgedacht, wie wär's um drei Uhr vorm Aquarium?, dann saßen wir eng um ihn gedrängt, alle sechzehn, und hingen an seinen Lippen. Wir glaubten ihm jedes Wort, obwohl es in seinen Geschichten drunter und drüber ging. Er sprach klar und heiter und so wirkungssicher, daß uns an den von ihm geplanten Stellen die Tränen aus den Augen schossen, allen, jedem, nur ihm nicht. Wir bogen uns vor Lachen, und er blieb ernst. Stets wurde er bestürmt, eine Zugabe zu geben, und das tat er dann auch. Oft gleich noch eine, er erzählte *gern*. Wenn er dann auch die letzte, die allerletzte winzig kleine Schlußgeschichte erzählt hatte und schweißgebadet war, standen wir rotglühend vor Freude um ihn herum und hieben ihm auf die Schultern. »Toll, Grünsepp! Klasse!« Nur Dunkelblöe konzentrierte sich auf seinen Auftritt, den er immer dem Grünsepps folgen ließ, weil er dessen Zuschauermassen zu erben hoffte. Während wir noch Grünsepp umarmten und uns, vom Gehörten beglückt, gegenseitig anstrahlten, dröhnte er los. Wir stoben auseinander und verschwanden auf der andern Seite des Aquariums, unter dem Kasten mit den blauen Glastüren oder sogar hinter der Voodoo-Puppe. Dunkelblöe stand allein vor den Fischen und schüttelte die Faust. Ein zwei Mal gelang es ihm, Grausepp an seiner Joppe festzuhalten, weil dieser sich nicht schnell genug entschieden hatte, ob er vorwärts oder rückwärts fliehen sollte. Dunkelblöe brüllte ihm das erste Mal das Gleichnis vom verlorenen Zwerg in die Ohren, und beim zweiten Mal den sekundengenauen Ablauf des Jüngsten Tags von null bis vierundzwanzig Uhr. – Auch ich erzählte gern. Gar nicht so schlecht auch, glaube ich. Ich versammelte tatsächlich zuweilen zehn oder mehr Kollegen um mich. Meistens kam ich mit einer brandneuen Geschichte – in den ersten Jahren sowieso –, aber hie und da kündigte ich eine Best-of-Geschichte an und trug, wortgenau natürlich, Sachen von früher vor. Diese Veranstaltungen wurden bald sehr beliebt, manche meiner Freunde hatten die Geschichte beim ersten Mal verpaßt und hörten sie nun also wie neu, die meisten aber kannten sie schon – und ebenso wortgenau wie ich –

und sprachen den Text im Chor mit. Sie sprachen alle durch die Nase, lippensynchron mit mir, und hielten sich die Bäuche vor Lachen, obwohl meine Geschichten ernst und anrührend waren. Zuerst war ich irritiert, aber dann lachte ich auch und bot immer wieder einen dieser Nostalgieabende an, die bald so erfolgreich wie die Veranstaltungen Grünsepps waren. – Als ich dann allein war, empfand ich immer deutlicher, wie entsetzlich es war, daß mir niemand mehr zuhörte. Kein Freund, kein Kollege, nicht einmal eine Katze oder der Wellensittich. Am Anfang ging es noch irgendwie, ich erzählte eben in meinem Kopf drin. Ich reiste ja auch von Ort zu Ort und war abgelenkt. Aber schon in der Hosentasche begann ich, vor mich hin zu murmeln. Auf dem neuen Regal dann sprach ich bald laut und faßte dazu den Zahnarzt und seinen Patienten ins Auge. Eine Weile lang gelang es mir tatsächlich, die beiden als hochkonzentrierte Zuhörer zu begreifen. Als ich einmal berichtete, wie ich auf den Eßtisch geklettert war und auf der spiegelblanken Oberfläche wie ein Nurejev tanzte, geriet ich regelrecht ins Feuer und sprach eine Weile lang mit einem schrägen Kopf, über dem ich die Arme mit der Innigkeit von damals zu einem Bogen zu formen versuchte. Als ich fertig war, hatte ich das Gefühl, daß die beiden Tongötzen nicht mehr am gleichen Ort standen. Daß sie sich bewegt hatten. Konnte es sein, daß es sich mit ihnen und mir so verhielt wie mit mir und Uti? Daß sie lebten, und daß sie eine Hundertstelsekunde bevor mein Blick sie traf in der immergleichen Pose erstarrten? Ich erschauerte bei dem Gedanken, ich begann zu zittern, und wider jedes bessere Wissen versuchte ich, die beiden zu überraschen, indem ich blitzschnell und unerwartet zu ihnen hinsah; natürlich immer um jene Hundertstelsekunde zu langsam. Immer standen sie in ihrer Volkskunstkatatonik. Trotzdem. Hatte der Dentist nicht eben ein bißchen weiter weg gestanden? Hatte der Patient das Maul nicht weiter offen gehabt? – *Wenn* sie lebten, die beiden, waren sie mir sicher nicht wohlgesonnen. Der Zahnarzt hielt eine Zange in der Hand, mit der er mich in Stücke hauen konnte. (Der Patient sah dumm aus, saudumm, aber für eine Beihilfe zum Mord reichten seine Fähigkeiten gewiß aus.) Ich traute mich kaum mehr, den beiden den Rükken zuzuwenden. An der Regalkante zu sitzen, mit den Beinen zu baumeln und Wetten mit mir abzuschließen, ob der nächste Vogel, der im Bambusschilf vor dem Fenster auftauchte, eine Amsel oder ein Sperling war. Jede zweite Sekunde wandte ich mich um. Der Zahnarzt und sein Helfershelfer standen immer noch bewegungslos da, aber, einen

Eid drauf, sie kamen voran wie der Wald von Birnam. Wenn sie mich in den Abgrund stießen – der Fußboden war ein spiegelhartes Parkett –, risse es mir die Beine weg. Ein Zwerg, der nur noch ein Kopf und ein Rumpf ist, kommt nicht mehr weit. Wenn er nicht entdeckt wird, bleibt er in alle Ewigkeit liegen. Rumpf neben Kopf. Und sammelt ihn ein Mensch ein, landet er im Müll. Dann im Container, im Müllauto, und endlich rutscht er, zwischen stinkendem Abfall, der immer größer werdenden Hitze des Verbrennungsofens zu, dessen glühendes Feuer er als letztes sieht.

DANN geschah etwas Unerhörtes. Das, wonach ich mich in jeder Sekunde der vergangenen Jahrzehnte so innig gesehnt hatte, daß ich nie auch nur einen Augenblick lang wagte, daran zu denken. Ich stand, gegen die Regalwand gelehnt, dem Zahnarzt und seinem Helfer gegenüber – ich ließ sie nun nicht mehr aus den Augen –, als ich von weit weg einen kleinen Lärm hörte. Ein fernes Schlurfen oder Tappen. Ich wußte sofort, gerade weil ich das Geräusch kaum wahrnahm, daß es eine Botschaft aus dem Kern meines Lebens war. Mein Herz tat einen Sprung. Ich rannte zur Regalkante und blickte in den Abgrund. Unten, tief unter mir, ging Dunkelblöe. Dunkelblöe strebte mit kräftigen Schritten der Tür zu, die wie immer offenstand, hatte den Oberkörper vorgebeugt und hob die rechte Hand, als halte er eine Laterne darin. Kein Zweifel, er führte seine Zottelkolonne an, auch wenn er ganz allein war. Erster und hinterster Mann in einem. Er ging so zügig, daß ich fast sofort nur noch seinen Rücken sah. »Dunkelblöe!« rief ich, wollte ich rufen. »Hier bin ich!« Aber ich stand nur mit einem offenen Mund da, stumm, und als ich meine Stimme wiederfand – ich krächzte –, stampfte Dunkelblöe über die Türschwelle und verschwand. Mir war schwindlig. Woher kam er? Wohin ging er? Als ich ein bißchen ruhiger war, sagte ich mir, daß er gewiß wieder zurückkam. Wenn er von links gekommen war, von der Treppe her, mußte er auch nach links zurück, das war doch logisch. Und dann hatte ich meine Stimme wieder, ganz sicher. Ein zweites Mal kam er nicht an mir vorbei. Ich rief, um meine Stimmbänder in Schuß zu halten, immer wieder »Dunkelblöe«, oder »Holla« und »Heda«. Ich tat das die ganze Nacht über. Uti lag auf der andern Zimmerseite im Bett und schnarchte. Als die Bambusse vor dem Fenster erst blau und dann grün wurden und Dunkelblöe immer noch nicht zurückgekommen war, hatte ich mich dazu durchgerungen, alles zu riskieren, mein

Leben, und zum Fußboden hinunterzuklettern. Aber Uti war jetzt auch aufgestanden, war im Bad und kurz im ersten Stock gewesen und saß dann wie festgeschraubt an seinem Tisch. Just an diesem Tag arbeitete er den ganzen Tag hindurch, das heißt, er telefonierte, reckte die Arme in die Höhe und drehte den Nacken hin und her, blätterte in dem und jenem Buch, löffelte einen Magerquark, aß mehrere Äpfel, las eine Zeitung, wechselte die Batterien seiner Stoppuhr, pfiff die Melodien des Wunschkonzerts aus dem Transistorradio mit, und hie und da schlug er auch ein bißchen auf die Tasten seiner Schreibmaschine ein. Als es längst wieder dunkel war – der Bambus in einen düsteren Dschungel verwandelt –, stand er endlich auf, schaltete die Maschine und die Schreibtischlampe aus und ging in den ersten Stock. Ich wartete noch eine Weile – maß den Abstand zwischen dem Zahnarzt und meinem Standort neu aus, ohne ein Ergebnis, weil ich nicht sicher sagen konnte, ob nicht *ich* die Gruppe beim Messen verschoben hatte – und machte mich dann an den Abstieg. Ich hatte ihn mir von oben her sorgsam angeschaut und plante, zögerlich und zart von Brett zu Brett zu gleiten. Sauste dann aber, weil ich mich schon an der ersten Kante nicht festzuhalten vermochte, wie ein Stein nach unten. Schlug so hart auf, daß ich

meinte, meine Beine brechen zu hören. Aber ich stand heil und gesund auf dem Parkett. Uff. – Ich wollte eben losgehen, zum Klo hin, als Dunkelblöe um die Ecke kam, von der Treppe her. Entweder hatte ich ihn in der Nacht übersehen – das war schier unmöglich –, oder er war über eine andere Treppe wieder in den ersten Stock zurückgekehrt. Er kam mit seinen energischen Schritten direkt auf mich zu, ohne ein Zeichen des Erkennens zu zeigen. Vielleicht waren seine Brillengläser beschlagen. Zuerst starrte ich ihn an – er ging wie der steinerne Gast –, stürzte ihm dann entgegen, »Dunkelblöe! Dunkelblöe!« schreiend. Fiel ihm in die Arme. Preßte mein Gesicht in seinen Bart, an seine Wange, umhalste und küßte ihn über und über. Tränen schossen mir aus den Augen. »Da bist du!« schluchzte ich und drückte ihn noch fester an mich. »Endlich!« Er tat keinen Wank, und ich lag von meinem Glück überwältigt an seinem Herzen. Ich hätte es noch ewig getan, wenn er sich nicht mit einem Ruck befreit hätte. Er trat einen Schritt zurück, musterte mich von oben bis unten und sagte: »Kennen wir uns?«
»Ich bin's!« rief ich. »Vigolette alt!«
»Was tust *du* denn hier?« sagte Dunkelblöe, nahm die Brille ab und putzte sie mit Hilfe seines Barts. »Und wie siehst du aus?«

»Ich habe den Aussatz«, sagte ich, etwas ruhiger. »Zuviel Sonne, und eine schlechte Gummiqualität in meiner Serie. – Was freu ich mich, dich zu sehen!« Ja, ich fühlte in jeder Faser, wie ich von einer Hitze durchflutet wurde, die, vom Bauch her kommend, bis in die Zehenspitzen und Fingerkuppen strömte. Ich war, ohne es zu wissen, wie tot gewesen; tot; über Jahre hin schon; Jahrzehnte; und nun lebte ich wieder. »Was habe ich mich nach euch gesehnt!«
Dunkelblöe setzte seine Brille wieder auf, strich sich den Bart und sah mich aus seinen blauen Augen an. »Im Grunde komme ich ohne die ganze Bande ganz gut aus«, sagte er endlich. »Allenfalls Grausepp fehlt mir.«
»Grausepp?«
»Er war so herzlich.« Dunkelblöe lächelte nun doch. »Was haben wir zusammen gelacht, Grausepp und ich. Ich erzählte ihm immer meine Geschichten. Er war mein bester Freund.«
Wir schwiegen. Dunkelblöe war viel besser in Schuß als ich, hatte immer noch Beine wie Brükkenpfeiler und bröselte, wenn überhaupt, am Daumen seiner Faust. Sogar seine Joppe war noch so tiefblau wie einst, und auch das Rot der Zipfelmütze hatte nur ein paar Schrammen.
»Na dann will ich mal«, sagte er und streckte mir die Hand hin. »War mir ein Vergnügen.«

»Aber wir haben uns doch eben erst gefunden«, stammelte ich. »Ich dachte, wir verbringen den Rest der Ewigkeit zusammen.«

»In dem Fall muß ich umdisponieren.« Dunkelblöe strich sich wieder den Bart, diesmal mit beiden Händen. »Meinst du, du kommst die Treppen hoch?«

Ich nickte eifrig. Ich spürte, daß ich vor Kraft strotzte. Tatsächlich gelangte ich – Dunkelblöe reichte mir auf jeder Stufe die Hand und zog mich hoch – schier mühelos in den ersten Stock hinauf. Ein großer Raum, ein Saal fast, und ähnlich verwinkelt wie Utis Arbeits- und Schlafzimmer, in dem ich wohnte. Eine Küche und ein Wohnzimmer in einem. Ein Kochherd, eine Spüle, eine Geschirrspülmaschine, ein Kühlschrank, dann aber auch Sessel, ein Klavier und ein Fernseher, der auf Zwergenhöhe auf dem Fußboden stand. Ich winkte unserem Spiegelbild auf der Mattscheibe, und Dunkelblöe winkte zurück. Dann deutete er auf ein kleines Kästchen aus ungebeiztem Holz, das so hoch oben an der Wand hing, daß sogar Menschen sich recken mußten, um zu ihm hinaufzugreifen. »Da oben wohne ich«, sagte er. »Tagsüber. Das Forschungswandern am hellichten Tag bringt hier gar nichts. Es wimmelt von Menschen. – Ahh, ich habe eine tierische Lust auf ein Kolonnenzotteln. Du?«

»Ich träume jede Nacht davon«, sagte ich. »Ich hätte nie gedacht, daß ich es nochmals tun könnte.« Er nickte, stellte sich breitbeinig hin, rief: »In die Zottelkolonne stellen, stellt!«, und ich nahm meine Position ein, die nun direkt hinter ihm war. Ich war der neue letzte Mann. Er hob das rechte Bein – kippte dazu schräg nach links, mit erhobener Faust – und ging los. Er schlug sofort ein mehr als zügiges Tempo an, und ich tobte erst etwas unsicher auf meinen Hinkefüßen hinter ihm drein, fand aber bald jenen Rhythmus, der jedem von uns eingeboren ist. Ein fließendes Wiegen. Dunkelblöes Schritte waren wunderbar präzise, regelmäßig, so daß ich, wie es sich gehörte, unmittelbar hinter ihm gehen konnte, Bauch an Rücken, die Füße keinen Spann weit hinter den seinen. Wir waren fast sofort wieder so aufeinander eingespielt, daß wir wie *ein* Körper funktionierten. Es war herrlich. Auch Dunkelblöe schien zu genießen, wie uns im Rausch der Geschwindigkeit der Wind um die Ohren pfiff. »Macht Spaß, in der Kolonne zu gehen, was?« rief er über seine Schulter hinweg und begann zu singen. Ich stimmte sofort mit ein, und wir sangen das ganze Programm von »Heio« über »Im Frühtau« bis zu »Horch, was kommt von draußen rein«. Wir gingen das Geländer des Treppenschachts entlang in den andern Raumteil.

Ein niederes Tischchen, auf dem viele Töpfe voller Fingerfarbe standen und dessen Holz auch einige Schmierschlieren abgekriegt hatte. Ein weiterer Sessel. Eine Stereoanlage, auch am Boden stehend. Als wir um die nächste Geländerecke bogen, starrte mich die Voodoo-Puppe von damals an, und ich erschrak so, daß ich Dunkelblöe ins rechte Bein trat. – Später marschierten wir durch einen langen Korridor in ein Zimmer ohne Licht, in dem ein Bett stand, aus dessen Kissen- und Deckengebirgen eine spitze Nase ragte, genau nur die Nase, mehr nicht, die die Luft rasselnd ansaugte und schnarrend ausstieß. »Isabelle«, rief Dunkelblöe und bog nach links ab.

»Wer ist Isabelle?« rief ich ebenso laut, obwohl mein Mund direkt hinter dem Ohr Dunkelblöes war.

»Na, die Frau, die mit Uti ist.« – Wir marschierten – inzwischen sangen wir »Addio la caserma« – in einen weiteren Raum, ein Büro oder eine Werkstatt, ein Atelier, denn der Boden war sowohl mit Papieren als auch mit Stoffresten bedeckt. An einer Wand ein Computer, an der andern eine Nähmaschine. Bücher und Stoffballen. – Endlich landeten wir wieder in der Wohnküche, wo wir stehend, aber immer noch in der Kolonnenordnung, »Ein Vater mit seinem Sohne ging« sangen. Erst dann stöhnte Dunkelblöe auf, auch er in einem neuen Wohlbehagen, und murmelte: »Kolonne auflösen, löst!« Ich setzte mich in die Flusen des Teppichs und sah Dunkelblöe zu, wie er die spiegelglatte Wand zu seinem Adlerhorst hochfegte. Oben stand er an der Kastenkante, reckte die Faust und rief: »Bis morgen, Mann!« Ich winkte ihm, stand auf und purzelte die Treppenstufen hinunter, als sei ich ein fabrikneuer Jüngling. Unten, auf dem Parkettboden, tanzte ich mehr als ich ging und wetzte dann ohne jede Schwierigkeit auf mein Regal hinauf. Ich fand den Zahnarzt und den Patienten am alten Ort wieder – keine Frage, sie hatten sich nicht bewegt – und setzte mich an die Abgrundkante. Der Bambus wurde hell und heller, und bald glühte er golden im Licht der Sonne. Konnte es ein noch größeres Glück als dieses geben? Ich klatschte in die Hände, und ein Stück des Daumens der rechten Hand flog davon.

IN den folgenden Tagen und Monaten stieg ich jede Nacht in den ersten Stock hinauf und traf mich mit Dunkelblöe, der auf der Kante seines Ausgucks saß und, wenn er mich erblickte, einer Eidechse gleich die grifflose Wand hinuntersauste. Die ersten Nächte verbrachten wir mit exzessivem Zotteln, gingen sinnlos im Kreis oder fünfmal hintereinander zur Voodoo-Puppe hinüber, einfach weil uns das In-der-Kolonne-Marschieren so froh machte. Ich lernte bald, wie Grausepp zu gehen, wie ein richtiger Letzter Mann, das heißt, rückwärts, immer wieder einmal rückwärts, um die Gefahren von hinten zu erkennen. Wie Grausepp legte ich meine flache rechte Hand über die Augen und die linke hinter ein Ohr und bewegte mich, rückwärts, aber dennoch im Schritt, Hintern an Rücken mit Dunkelblöe. Ein- oder zweimal verpaßte allerdings auch ich ein Abbiegen meines Kolonnenführers und ging, mit dem Heck voran, geradeaus weiter, bis ich gegen den Klavierstuhl oder einen Heizkörper stieß. Dunkelblöe dann in irgendeiner Ferne, sich seinerseits in einer intakten Kolonne wähnend und tüchtig ausschreitend. Ich stürmte hinter ihm drein und fädelte in die Kolonne ein, ohne daß er mein Versagen bemerkt hatte. – Später, als das Zottelforschen seinen Reiz ein bißchen eingebüßt hatte, dumpften wir, meistens auf einen niederen Fußschemel und wieder hinunter. Die Stühle von früher waren mir zu hoch. Aber auch so machten mir meine Füße Mühe, und ich mußte nach wenigen Sprüngen forfait geben. Auch Dunkelblöe, der schon früher nur ein mäßiger Dumpfer gewesen war, verlor bald die Lust.

Die alten Vorbilder – der grüne Grünsepp, wie er in völliger Harmonie des Körpers Sprünge bis auf die Kommode hinauf zeigte – konnten wir sowieso nicht erreichen. – Mit dem Zeheln, bei dem unser beider Laufbahnen voller Höhepunkte gewesen waren, war's auch aus. *Ein* Widerstand Dunkelblöes mit der alten Kraft, und ich hätte auf Gummistummeln weitergehen müssen. – So erzählten wir uns Geschichten. Alte und neue. Aber selbst das ging nur eine Weile lang gut, weil Dunkelblöe immer wollte, daß ich Geschichten von früher erzählte, die er dann laut und durch die Nase mitsprach. Er bog sich vor Lachen. Irgendwie fand ich es nicht mehr so witzig wie einst. Auch revanchierte er sich natürlich für jede meiner Darbietungen mit einer eigenen. Es zeigte sich bald, daß sein Repertoire auf mehrere tausend Rezitationsstunden angewachsen war, daß er aber kaum Fortschritte gemacht hatte. Allenfalls, daß er sein »Und siehe!« oder »Wehe!« inzwischen im Zehn-Sekunden-Takt sprach. Die Inhalte waren die gleichen geblieben. Um seine machtvollen Schöpfungen auszuhalten, sprach ich die »Wehe« und »Siehe« ebenfalls laut mit, auch durch die Nase – ich konnte ja nicht anders –, ohne allerdings wissen zu können, wann genau Dunkelblöe »Siehe«, »Wehe« oder gar »Wei geschrien« rief.

Wenn ich richtig lag, gab ich mir einen Punkt, wenn ich das falsche Wort erwischte, zog ich mir einen Punkt ab. Ich mußte, das war die Wette, eine Dunkelblöe-Geschichte mit mindestens zehn Punkten beenden. Dann hatte ich gewonnen. Das war im übrigen nicht allzu schwierig, Dunkelblöes Texte waren voraussehbar. – Dann entdeckten wir das Fernsehen. Die Fernbedienung war, neben dem weißen Sessel, auf dem Teppich liegengeblieben, und Dunkelblöe sprang aus Jux und Tollerei auf einen der Knöpfe. Sofort lief der Fernseher. Wir standen perplex vor der monumentalen Bildwand, fasziniert, und lernten bald, uns durch alle siebenundvierzig Sender hindurchzuzappen. Den Ton allerdings drosselten wir weg, sonst hätten wir Uti oder Isabelle geweckt. Wir sahen, ohne Ton, unzählige Talkshows und Quizsendungen, in denen es um Geld ging. Die Gesprächsteilnehmer neigten klug die Köpfe, und die Wettkandidaten waren schweißnaß, wenn sie den Jackpot von einer Million Franken oder Euro knacken mußten. Wir fieberten mit und riefen, soweit wir lippenlesend die Frage verstanden hatten, die richtige Antwort. Am liebsten aber war uns eine Sendung, die Stunden dauerte, oft die ganze Nacht, und in der wir im Führerstand einer Lokomotive durch weite Ebenen oder sanfte Hügel fuhren. Unser Blick – und der der Kamera – war starr auf die Gleise gerichtet. Kuhherden huschten vorbei, Stationsgebäude, Wälder. Bei diesen Fahrten drehten wir den Ton voll auf, sie wurden stumm gesendet. Einmal fuhren wir mit einer Bergbahn zwischen Gletschern und Firnen, und ich erkannte sofort die Landschaft, durch die ich und Grünsepp, in Utis und Nanas Fäusten, auf unserer Reise in die Ferien gefahren waren. Ich wurde sehr aufgeregt und sagte Dunkelblöe – er war ahnungslos, weil er damals im Rucksack gesteckt hatte – voraus, was als nächstes ins Bild kommen würde. »Jetzt kommt gleich ein See!« Und schon sahen wir ihn, zuerst den schwarzen und dann den blaßblauen, ja beinah weißen. »Gleich steigen wir aus!«, und tatsächlich hielt der Zug da, wo wir ihn verlassen hatten. Von nun an ging es ins Unbekannte hinein, aus der Welt eisiger Gipfel über steile Rampen zu einer immer italienischer werdenden Landschaft hin. Lange Zeit fuhren wir einen tosenden Bergbach entlang, und ich brauchte eine Weile, um mir bewußt zu werden, daß in genau diesen Wassern Grünsepp um sein Leben gekämpft hatte. Ja, ich ging ganz nahe an den Bildschirm heran und starrte in die riesig vergrößerten Strudel, als ob ich Grünsepp in ihnen erkennen könnte. – In einer Nacht, von der wir nicht wußten, daß sie die letzte vor dem Fernseher und überhaupt in dieser Wohnung werden sollte, sprang Dunkelblöe wieder einmal übermütig auf der Fernbedienung herum, und ein Filmfetzen nach dem andern huschte an uns vorüber. Schwarze Männer, die in einer blaustichig düsteren Halle aus Pumpguns aufeinander schossen. Explodierende Häuser. Frauen mit riesigen nackten Brüsten, die einen ihrer kleinen Finger zwischen den Lippen hielten und uns mit großen Augen ansahen. Polizeiautos, die heckschleudernd um Straßenecken rasten und sich dutzendweise überschlugen. Und plötzlich erschien vor uns ein Bild von solch überrumpelnder Wucht, daß Dunkelblöe, der schon hochgesprungen war, um den nächsten Sender zu drücken, in der Luft stehenblieb. Jedenfalls schaffte er es, neben der Zapp-Taste zu landen. (Er trat dabei auf den Knopf für die Lautstärke und drehte den Ton voll auf.) Wir standen und glotzen fassungslos. Vor uns, auf diesem turmhohen Fernsehbild, waren wir selber. Oder, wohl doch, solche, die uns aufs Haar glichen. Von jedem von uns einer, ja, da war sogar einer mehr. Ein Dunkelblöe, ein Vigolette, ein Lochnas, ein Himmelblöe, ein Bös, ein Sepp und ein Unbekannter. Sieben Zwerge. Sie stampften im Gänsemarsch durch einen Urwald aus gewaltigen Bäumen, durch einen Hohlweg zuerst und dann über eine Baumstammbrücke, die ein tiefes Tobel überquerte. Sie sangen aus vollen Kehlen, unser Heio-Lied. Allerdings pfiffen sie, anders als wir, den Refrain, mit geblähten Backen und gespitzten Mündern. (Daß sie es laut, sehr laut taten, fiel uns nicht auf.) An der Spitze ging, wie anders, der Dunkelblöe, und auch in dieser Kolonne war der Sepp der letzte Mann. Vor ihm stampfte der, den ich nicht kannte. Er sah wie ich aus, wie ein Vigolette, nur daß er eine rote Joppe trug und keine Schlafaugen hatte. Die marschierenden Ebenbilder hatten alle Spitzhacken über den Schultern, und der eine oder andere hatte einen blinkenden Edelstein in der Hand. Sie wurden von aufgeregt zwitschernden Vögeln umflattert. Auch ein paar Rehe umhüpften sie, und eine Schildkröte versuchte, sprintend, das Tempo mitzuhalten und stolperte über Steine und Wurzeln. – Fast hätten wir Utis nachtschwere Schritte auf der Treppe überhört. Im wirklich allerletzten Augenblick konnten wir noch unter den Sessel sausen und uns in einen toten Winkel ducken. Uti nahm die Fernbedienung, schaltete das Gerät aus und brummte: »Spinn ich, oder wer spinnt da?« Er ging zum Kühlschrank, nahm eine Kiloschachtel mit Vanilleeis aus dem Tiefkühlfach, setzte sich an den Tisch und begann zu löffeln. Er stöhnte und knurrte in sich hinein und blätterte im Städtischen

Amtsblatt. Vermutlich las er alle Todesanzeigen, dann sämtliche Konkurse dieser Woche. Dann die Baugesuche und die temporären Verkehrsumleitungen. Die Kontaktanzeigen wohl auch noch. Er aß und aß. Soviel Eis konnte kein Mensch essen; er konnte es. Er tat es schnell, wie ein Süchtiger. Für uns doch zu langsam, denn als er endlich die Treppe hinunter und ins Bett gegangen war und wir den Fernseher wieder einschalten konnten – Dunkelblöe sprang auf die On-Taste und ich auf den Ton –, waren unsere unerklärlichen Abbilder vom Bildschirm verschwunden. Wir zappten zweimal durchs ganze Programm. Vergebens. – Waren das die Ur-Zwerge gewesen? Der Wald jener, den Grünsepp bereist hatte? Hatte Rotsepp mit seiner Theorie doch recht gehabt? Meine These von unserer industriellen Fertigung hatte jedenfalls einen Dämpfer erhalten. Sogar Dunkelblöe, sonst durch nichts von einer einmal gefaßten Überzeugung abzubringen, wirkte verunsichert. Zwar stellten diese Bilddokumente einen Dunkelblöeartigen Schöpfergott nicht in Frage, aber mit dieser archaischen Zottelkolonne hatte auch er nicht gerechnet. – Es wurde bereits hell, als ich die Treppe hinunterkullerte und auf mein Regal kletterte.

DANN ging alles sehr schnell. Keine halbe Stunde später stand Uti – sonst ein Spätaufsteher – mit einem Blaumann bekleidet im Zimmer. Er stieß das Fenster weit auf und begann, die Bücher aus den Regalen in Kartonkisten zu packen. Dann hängte er alle Bilder ab, räumte den Schreibtisch leer und stellte den Stuhl darauf. Auch die Schallplatten, die im Regal unter mir standen, verschwanden in Bananenkartons. Am Ende ging Uti, inzwischen vor Hitze dampfend, im Zimmer herum und sammelte ein, was nicht niet- und nagelfest und noch nicht weggeräumt war: die Schreibmaschine, das Telefon, den Transistorradio, das Fax, verschiedene Töpfe, in denen die Münzen von seinen Reisen lagen. Fotos. Das alte Grammophon mit der Handkurbel. Alles kam in den Korridor hinaus, oder ins Bad. Als der Raum endlich kahl war – einigermaßen leer –, deckte er den Fußboden mit Zeitungen zu und schleppte schließlich einen mächtigen Farbkessel und einen Rollpinsel herbei. Stellte beides hin und sah sich ein letztes Mal um. Jetzt waren nur noch wenige Reste übrig, eine leere Blumenvase dort, ein paar Papiere da, und wir auf unserem Regal, der Zahnarzt, der Patient und ich. Die Grammophonnadeln. Es war, als habe Uti uns vergessen. – Er hatte uns aber nicht vergessen. Plötzlich tobte Esperanza ins Zimmer, die Putzfrau, auch sie verkleidet, wenn auch nicht in einen Blaumann. Sie trug eine schmuddelige Schürze und ein rotes Kopftuch. »Da, der ganze Rest, der kommt weg!« sagte Uti zu ihr und verschwand im Korridor. Esperanza hielt einen Müllsack in der Hand und schaufelte hinein, was sie noch fand. Auch den Zahnarzt, auch den Patienten, und mich. Da lag ich, vor Panik erfroren – es war soweit; mein Schicksal erfüllte sich –, zwischen alten Blumen, zerknüllten Prospekten und stinkenden Wattebäuschen. Der Zahnarzt steckte kopfüber in Orangenschalen. Dem Patienten ging es nicht besser. Anderer Abfall prasselte auf meinen Kopf – ich duckte mich, hielt die Arme schützend über mich und preßte die Augen zu –, eine leere CD-Hülle, ein Tennisball, eine Glühbirne. Ein Briefbeschwerer aus Blei. Dann verschwand das Licht, und der Gestank wurde unerträglich: Esperanza schnürte den Müllsack zu. Sie hob ihn hoch, mich, und trug uns weg. Keine Wand, gegen die sie den Sack nicht knallen ließ, kein Türrahmen. Es ging um mehrere Ecken. Eine Treppe hinab, und wieder, rumsend, an harten Kanten und spitzen Mauervorsprüngen vorbei. Endlich warf sie den Sack, und mich mit ihm, zu Boden. Es war eine harte Landung; der Briefbeschwerer knallte mir zum zweiten Mal auf den Schädel. Esperanzas

Schritte entfernten sich. Es wurde ruhig. Kein Geräusch mehr endlich. – Ich versuchte, mein rasendes Herz zu bändigen und einen klaren Kopf zu kriegen. Atmete tief ein, atmete tief aus, minutenlang. Dann war ich imstande, die Augen zu öffnen. Natürlich sah ich nichts, weil es stockfinster und weil ich vom Müll zugeschüttet war. Immerhin konnte ich die Arme bewegen, die Hände, und fast sofort stach mich etwas in einen der verbliebenen Finger. Ein heftiger Schmerz. Ich hatte in eine der Grammophonnadeln gegriffen und hielt einen dolchgroßen Dorn mit einer scharfen Spitze in der Hand. Jetzt mußte ich nur noch – ich war genau in der Mitte des Sacks gelandet – zur Sackwand gelangen, dann hatte ich eine Chance. Ich robbte also quer durch all das klebrige, stinkende Zeug, trat auch auf den Zahnarzt und den Patienten, wühlte mich durch Tomatensauce und Kaffeesatz und faßte endlich den Sackplastik. Ich hieb mit dem Dorn auf ihn ein, immer wieder. Stach, bohrte, wühlte. Endlich schaffte ich es, den Dolchdorn durch den zähen Kunststoff zu stoßen, und bald hatte ich, reißend und rupfend, die Öffnung so vergrößert, daß ich ein Auge daran pressen konnte. Ich sah ein Stück Mauer, grau, schimmlig. Zehn Minuten später hatte ich eine Lücke gerissen, durch die ich den Kopf zwängen konnte. Ich war in einem Keller, keine Frage, einem düsteren Kellerraum. Nicht groß, nicht klein, leer, wenn ich von etwa zehn Müllsäcken absah, die nebeneinander an die Wand gelehnt auf ihre Hinrichtung zu warten schienen. – Stapelte Uti seinen Müll im Keller? – Ich schlug nun regelrecht um mich und war endlich frei. Glitt an der Außenhaut auf den Boden hinab. – Da saß ich, keuchend, gegen den Müllsack gelehnt. Um mich herum hohe Steinquadermauern voller Spinnweben. Da und dort ein paar Kisten, Schachteln, alle staubgrau. Am Ende der Mauer eine offene Tür, die, sanft schimmernd, in eine andere Düsternis zu führen schien. – Just als ich aufstehen und zu jener Pforte hinübergehen wollte, hörte ich ein Geräusch. Ein ersticktes, verzweifeltes Stöhnen. »Wehe!« rief, kaum hörbar und fast schluchzend, eine Stimme. »Hilf mir, Herr! Steh mir bei!« – »Dunkelblöe?« brüllte ich und sprang auf. »Bist du da drinnen?« – »Ja, Herr«, rief die Stimme. »Ich bin's. Dein Dunkelblöe. Siehe, ich stecke hier im Dreck, im Müll, Herr. Hilf mir heraus, sonst, wehe, werde ich der Müllverbrennung zugeführt!« – Ich setzte meine Grammophonnadel auf die glatte Außenwand des Sacks, auf der Höhe der Stimme, und rief: »Sorge dich nicht, mein Sohn. In zehn Minuten hab ich dich draußen.« – Es dauerte dann doch mehr als eine halbe Stunde, bis ich eine Öffnung in den zähen Kunststoff gerissen hatte, die groß genug für Dunkelblöe war. Zudem steckte er höher als vermutet zwischen Salatblättern und einer leeren Thunfischdose. Er brauchte fast noch einmal so lange, bis er sich zu mir heruntergewühlt hatte. Endlich wurde sein Kopf sichtbar, auf dem ein Stück Feldsalat klebte. »Vigolette!« sagte er. »Ich grüße dich. Ich hatte mich schon gewundert, daß Gott durch die Nase spricht.« – Wir reinigten uns gegenseitig – auch an mir klebten, neben der Sauce, ein paar Aprikosenreste und Zwiebelschalen – und gingen dann, Hand in Hand, zu der Mauerlücke hin. Von dort blickten wir in einen schier fußballfeldgroßen, ebenfalls mehr oder weniger leeren und ähnlich düsteren Keller. Aus einer einzigen Lichtluke hoch oben fiel – fern, am andern Ende der Halle – ein breiter Balken Sonnenlicht schräg zum Fußboden hinab, auf dem er ein leuchtendes Viereck bildete. In dem Lichtquadrat saßen, gingen, tanzten kleine Gestalten – ein paar bildeten gerade eine Pyramide, und wir hörten das leise Gekreisch, als diese ins Schwanken geriet und einstürzte –, Wesen mit Bärten, Joppen, Mützen. Ein gutes Dutzend oder mehr. Wir hielten uns immer noch an den Händen, und Dunkelblöe drückte meine Rechte so heftig, daß die verbliebenen Finger zerbröselten. Ich merkte es zwar – Zerbröseln schmerzt nicht, es kitzelt –, konnte aber den Blick nicht von dem Wunder wenden. Von diesen aus dem Himmel erleuchteten Zwergengestalten. Auch Dunkelblöe hatte es die Sprache verschlagen, oder fast, denn er stöhnte oder betete in einem hohen Falsett und schwankte dazu wie ein angeschlagener Boxer von einem Fuß auf den andern. – Dann begriffen wir, beide im gleichen Augenblick, und rannten los. »Wir sind's!« rief ich, und Dunkelblöe, der neben mir hergaloppierte: »Ich bin's! Ich!« Aber immerhin ließ er meine Hand nicht los – das, was von ihr noch übrig war –, so daß ich bald, weil ich sein Tempo nicht mithalten konnte, wie eine Fahne hinter ihm dreinflatterte, weiterhin juchzend und jubilierend. »Endlich! Endlich!« – Die Zwerge – alle! Alle fünfzehn! – starrten verdutzt in die Düsternis, geblendet von ihrem Licht, und versuchten, die seltsamen Rufe und näher kommenden Schritte zu deuten. Bis einer einen Schritt ins Düstere hinaustrat, eine Hand über die Augen legte und piepste: »Dunkelblöe! Und Vigolette alt!« – Das war Rotsepps Stimme, keine Frage. Rotsepp war also auch noch da! – Der ganze Haufen stieß, gleichzeitig, ein Geheul aus, und alle unsere Kollegen stürmten los, uns entgegen, jeder den andern beiseite stoßend, überholend und gnadenlos über die Gestürzten hinwegstampfend. Ein Kreischen, ein Gelächter, ein vielstimmiges Hurra- und Holla-Rufen. Als die ersten bei uns anlangten – Bös alt, Neu Bös und Blausepp –, waren sie so schnell, daß sie uns zu Boden rissen. Wir kullerten zusammen, uns im Rollen schon herzend und küssend, ein paar Zwergenlängen weit. Dann rappelten wir uns hoch und umarmten jeden, und manche ein paarmal. Sie waren ganz die alten! Kaum Veränderungen, wenn ich davon absah, daß das Loch in Lochnas alts Nase kratergroß geworden war – die Nase ersetzte –, daß Bös neus Füße inzwischen wie Kuchenbleche aussahen und daß Rotsepp eigentlich nur noch an seiner Stimme zu erkennen war. An seinem Lachen. Am Blitzen seiner Augen. Der Rest verwüstet. – Es stellte sich heraus, daß die Kollegen seit Jahr und Tag hier unten lebten. Auch sie waren lange, ein Jahrzehnt vielleicht, in jener Schachtel gewesen und immer wieder einmal, bei mehreren Umzügen, von da nach dort transportiert worden. Es war eine schwere Zeit gewesen. Anders als ich hatten sie keine Grammophonnadel in ihrem Verlies gehabt, allerdings auch keinen Müll. Aber sie schafften es nicht, den Deckel hochzuheben oder die Wand zu durchbrechen und waren die Gefangenen eines Despoten, der sie vergessen hatte. – Endlich kamen ihnen die Mäuse zu Hilfe. Sie nagten, von außen her, an dem Schachtelkarton herum, und schließlich brach eine mit ihren scharfen Zähnen ins Innere durch und blinzelte Neu Vigolette an, der gerade sein Ohr an die Kartonwand gelegt hatte. Sein Gekreisch verjagte sie, aber nun war es für die gefangenen Freunde ein leichtes, eine Bresche zu schlagen und ins Freie zu gelangen. Sie siedelten sich im Keller an und fühlten sich vor allem in dem Lichtviereck wohl, mit dem zusammen sie den Tag über durch den Raum wanderten, als seien sie die Bewohner eines quadratischen Monds. – Wir saßen alle im Kreis in dem hellen Licht, gewärmt von einer fernen Sonne, vom Schwarz des übrigen Kellers umschlossen. Es gab soviel zu erzählen nach so langer Zeit! Die Böse kletterten immer noch die glatten Wände des Kellers hoch! Grünsepp erzählte immer noch die wildesten Geschichten! Und Neu Lochnas war auch der alte geblieben, denn er kicherte, als ich von der unendlichen Einsamkeit auf dem Regal berichtete, jäh in sich hinein. Es stellte sich heraus, daß er eben einen Witz begriffen hatte, den ihm Himmelblöe alt gestern erzählt hatte.

so konnte es geschehen, daß wir nicht bemerkten, wie ein weiteres Wesen sich uns näherte. Es stand unvermittelt in unserm Licht, eine Erscheinung, die vom Himmel gestürzt zu sein schien. Wir starrten sie an. Sie starrte zurück. Sie war ein Zwerg, das sahen wir bald, ein Zwerg von unserer Art, aber weit mehr als wir vom Leben gezeichnet. Keine Frage, dieser unbekannte Kollege hatte in Wind und Wetter gelebt. Er hatte eine Haut wie ein Hochseekapitän oder ein Polarforscher. Aber daß er ein Sepp war, konnte ich sehen, ein zum Mann gereifter Sepp, der früher einmal wohl ein grüngefärbtes Jöppchen getragen hatte. Dazu seine vergißmeinnichtblauen Augen!

»Grünsepp!« entfuhr es mir.

Ein Chaos brach aus. Wir riefen alle »Grünsepp ist zurück!«, umarmten ihn und, erneut, auch uns alle. Auch der wiedergefundene Grünsepp lachte nun und tanzte mit Rotsepp im Lichtviereck herum, obwohl dieser, juchzend und verzweifelt: »Hör auf! Ich falle in Stücke!« rief und tatsächlich ein Bein und ein Stück Zipfelmütze verlor. Dann sanken wir erschöpft nieder und saßen im Kreis auf dem Boden. Alle hatten eine Frage an Grünsepp. Viele Fragen. Aber ich war der schnellste beziehungsweise der lauteste. »Wer hat denn jetzt das Halbfinale gewonnen?« schrie ich. »Du oder ich?« – »Du«, sagte Grünsepp. »Und wer ist der da?« – Er deutete auf den gelben Grünsepp, der hinter den Himmelblöe kauerte und einen schweißüberströmten Schädel hatte. Er duckte sich noch mehr, als wir alle zu ihm hinsahen. Nur ein Stück seiner roten Mütze winkte über die Schulter Himmelblöe alts.

»Grünsepp«, sagte Dunkelblöe mit einer hohlen Stimme. »Hast du uns etwas zu sagen?«

Der gelbe Grünsepp wurde erneut zwischen den breiten Grinsegesichtern Himmelblöe alts und Neu Himmelblöes sichtbar. Sein Kopf war jetzt tomatenrot. Er erhob sich und kam mit kleinen Schritten in die Kreismitte, in der Dunkelblöe, bereits wieder der Chef, mit dem grünen Grünsepp an der Hand stand. Der gelbe Grünsepp blieb dicht vor den beiden stehen, starrte auf seine Schuhe und murmelte etwas, was wie ein scheuer Windstoß klang, der durchs Herbstlaub bläst.

»Was??« sagte Dunkelblöe.

»Ich bin nicht Grünsepp«, hauchte der Grünsepp, der nicht Grünsepp war. »*Ihr* habt mich Grünsepp genannt. Ich dachte, wenn ihr wollt, daß ich Grünsepp bin, dann bin ich Grünsepp.«

Jetzt schrien wir alle durcheinander. »Aber die tosenden Wasser! – Die mörderischen Pflanzen! – Die Raubtiere! – Der Eiswolf!«

Der gelbe Grünsepp hatte seine Mütze ausgezogen und zerknautschte sie mit beiden Händen. Seine Glatze war schweißnaß. »Ich erzähle lieber eine gute Geschichte als eine schlechte«, hauchte er kaum hörbar. »Ich kann nicht anders.«

»Franz Josef Huber!« rief Dunkelblöe und hob – wie ein Staatsanwalt, der ein prozeßrelevantes Beweismittel entdeckt hat – den Zeigefinger seiner rechten Hand in die Höhe. »Ihn kannst du nicht erfunden haben. Sein Name stand auf dem Paket, in dem du zu uns kamst. Ich habe es mit eigenen Augen gesehen.«

»So heißt ein Spielzeuggeschäft«, murmelte der falsche Grünsepp noch leiser. »Ihr kommt alle von Franz Josef Huber. Papi hat da angerufen. Huber hatte keinen grünen Sepp mehr, und in seiner Not hat Papi gesagt, ein gelber tut's auch.«

Er schluchzte los, der überführte Betrüger. Er wurde von Tränen geschüttelt. Wir Zwerge saßen ratlos da. Aber dann ging der echte Grünsepp zu seinem Ersatzmann hin und legte einen Arm um seine Schultern. »Bleib du Grünsepp«, sagte er. »Ich muß sowieso gleich weiter.«

Ein neues Tohuwabohu setzte ein. Wir sprangen auf und schlossen die beiden Grünseppen in unserer Mitte ein, wie um den einen nicht weggehen zu lassen und den andern an der Flucht zu hindern.

Wir sprachen alle gleichzeitig. Dunkelblöe rief ein ums andere Mal »Ruhe bewahren, bewahrt!«, lange Zeit erfolglos. Endlich aber saßen wir doch alle wieder – der grüne und der gelbe Grünsepp wie Kumpel nebeneinander, oder eher noch wie ein Meister und sein Schüler –, und der wirkliche Grünsepp erzählte nun *seine* Geschichte. Sie war kürzer als die des gelben, und weniger dramatisch. Obwohl. – Grünsepp war tatsächlich an dem blinden Uti vorbeigeschwommen, selber blind, und als er sich wieder bewegen konnte, trieb er wirklich auf jenen tosenden Bergfluß zu, in ihn hinein und alle Fälle und Rampen hinunter. In einem Wasserstrudel blieb er eine Ewigkeit lang gefangen, ein paar Monate vielleicht. – »Seht ihr!« wisperte der gelbe Grünsepp. »Hab ich euch doch erzählt!« – Aber dann ging's auch mit ihm irgendwie weiter, der Fluß wurde ruhiger, und endlich gelang es ihm, an Land zu robben. Ohne auch nur einen Augenblick lang zu zögern, machte er sich auf den Rückweg. Er ging immer am Ufer entlang, stur, eisern, auch als die Wasserfälle aus dem Himmel stürzten und er lotrechte Wände hochklettern mußte. Irgendwo unterwegs fiel der erste Schnee, und nach zwei weiteren Tagen, an denen er sich durch bald hüfthohen Schnee gekämpft hatte, mußte er aufgeben. Der Schnee war jetzt fünf und mehr Zentimeter tief. Er zog sich unter einen Felsvorsprung zurück und ließ sich einschneien. Einen Bergwinter lang saß er im Dunkeln und unterhielt sich damit, die Gespräche mit seinen Kollegen vom ersten Tag an – da waren nur Dunkelblöe und Rotsepp mit ihm gewesen – im Wortlaut vor sich hin zu sagen, und mit der richtigen Stimme. Mich sprach er, indem er mit zwei Fingern die Nase zudrückte. – Es wurde Frühling. Viel Wasser, die ersten wärmeren Wochen bedeuteten noch lange nicht, daß er jetzt weiterkonnte. Das Schmelzwasser toste auch neben dem Fluß, und weiter oben war der Paß immer noch schneebedeckt. Immerhin kam er bald einmal zu dem Ort, an dem das Unglück seinen Anfang genommen hatte. Das Haus war verschlossen. Alle waren weg. Er saß ein paar Wochen lang vor der Haustür – vor sich sah er das verflixte Bächlein, dem er soviel Tücke gar nicht zutrauen mochte – und ging dann auf der endlich schneefreien Straße bis zur Paßhöhe und zur Bahnstation. Der Postbus war unzählige Male an ihm vorbeigedröhnt und hatte ihn mit Schlamm vollgespritzt oder in Staubwolken eingehüllt. Er marschierte die Gleise entlang, Tag und Nacht, ohne innezuhalten, ohne sich einen Augenblick lang über die Richtung im unklaren zu sein. Erst als er, nach geschätzt zehn oder auch zwanzig Millionen Schritten, in dem Bahnhof ankam, aus dem er, in Nanas Hand, nahezu zwei Jahre zuvor aufgebrochen war, verlor er die Orientierung. Den Weg vom Haus zum Bahnhof hatte er nicht gesehen, da hatte er in Nanas Tasche gesteckt. Natürlich war ihm bewußt, daß das Haus, sein Ziel, irgendwo am Stadtrand lag. Aber die Stadt war groß und hatte viele Ränder. Also ging er in einem großen Kreis um sie herum und fand das Haus tatsächlich nach weniger als einem weiteren Jahr. Bis dahin hatte er sein Abenteuer mit gelassener Ruhe bewältigt, weil es ihm, wie allen Zwergen, auf ein Jahrzehnt mehr oder weniger nicht ankam. Als aber auch dieses Haus leer war – von völlig fremden Menschen bewohnt, und von keinem einzigen Zwerg –, ging er doch aus den Fugen. Ein paar Wochen oder Monate irrte er ratlos im Garten herum, redete laut mit sich selber und stierte vor sich hin. Dann blieb er stehen und hob den Kopf. Beinah wär er trübsinnig geworden! Er wußte plötzlich, wie eine Erleuchtung, was er zu tun hatte. Er beschloß, die Stadt – später das Land, die Welt notfalls – in einem systematischen Raster abzuschreiten. Er ging nur nachts, der vielen Menschen wegen, die tagsüber in den Straßen herumwimmelten, und immer der Hörweitengrenze entlang, denn er war überzeugt, daß er uns hören würde, gelangte er endlich einmal in unsere Nähe. Keiner von uns war leise, und wir waren alle nachtaktiv. Nana, Uti, Papi und Mami schliefen nachts, aber mindestens Nana erkannte er, da war er sich sicher, wenn sie im Schlaf atmete. (Daß sie jetzt eine Frau war, das war ihm schon klar.) – Auch heute hatte er die Marschtabelle fast auf die Minute genau eingehalten und eine Abweichung von allenfalls ein paar Dutzend Zwergenlängen in Kauf nehmen müssen – die Baulinien verliefen nicht überall dort, wo er sie am liebsten gehabt hätte – und deshalb die Ohren etwas mehr als sonst gespitzt. Wir waren im übrigen nicht zu überhören gewesen: »Wehe! Siehe!« – das konnte nur Dunkelblöe sein. Er blieb wie elektrisiert stehen und ging dann dem Johlen und Juchzen nach, schneller nun doch und mit Knien, die ein kleines bißchen zitterten. Alle Luken und Türen waren zu, und so brauchte er eine Weile, um zu uns herunterzugelangen. Er wartete in der Tat bis zum nächsten Morgen, vor der Haustür, und war so ungeduldig, daß er die meiste Zeit auf der Schwelle auf und ab trippelte. Endlich kam jemand heraus, und er huschte ins Haus. Er hatte nur, flüchtig, ein paar Schuhe gesehen und konnte nicht einmal sagen, ob Mann oder Frau. Ob Uti oder Isabelle. Er hatte Augen nur für das Katzenloch in der Kellertür gehabt, und schneller als der Blitz war er die Treppe hinunter und durch den Raum mit den Müllsäcken geflitzt. Als er uns fern in unserem Lichtparadies sitzen sah und unsre Stimmen hörte, klopfte sein Herz wie wild.

»Jetzt hast du es ja hinter dir«, sagte ich. »Du hast uns gefunden.«

Er schüttelte den Kopf. »Ich habe nicht euch gesucht«, murmelte er. »Ich suche Nana.«

»Nana??«

»Das war die Erleuchtung.« Er lächelte. »Dort, im Garten des leeren Hauses, wußte ich plötzlich: Ich muß Nana finden. Ohne mich schafft sie es nicht. – Wohnt Nana hier im Haus?«

»Nein«, sagte ich. »Der alte Größenwahn, was? Bist ihr Schutzengel?«

»Ihr Schutzzwerg.« Grünsepp lachte jetzt. »Genau.« Er sprach nun auch lauter. »Früher hatte jeder Zwerg seinen Menschen. Jeder Mensch seinen Zwerg. Es gab sechs Menschen auf Erden, und sechs Zwerge.«

»Sieben«, sagten Dunkelblöe und ich gleichzeitig. »Wir haben sie gesehen.«

»Ihr habt sie *gesehen*?«

»Alter Film. In Farbe zwar, aber uralt.«

»Na schön, dann eben sieben«, sagte Grünsepp. »Die Zwerge wußten von den Menschen, die Menschen nicht von den Zwergen. Von unserer Aufgabe, die damals unsere Natur war. Wir konnten und wollten nicht anders. Unsere Schützkraft war im übrigen so groß, daß es reichte, in der Nähe des Objekts zu bleiben. Das kleine Mädchen ging summend über das schwankende Brett, das über den Wildbach führte, und es kam sicher drüben an, weil einer von uns hinter ihm dreinhuschte. Der große Bub kraxelte auf einen noch größeren Felsen, und sein Zwerg – gewiß ein Bös – half ihm, unter ihm mitkletternd, von Griff zu Griff. Damals kam jeder Mensch problemlos durch sein Leben und bemerkte nicht einmal, daß und wie wir ihn an den Bedrohungen vorbeilotsten. Nur vor dem Tod konnten und können wir ihn nicht bewahren.« Er hob die Arme und ließ sie wieder fallen. »Heute! Wir sind zwar inzwischen auch siebzehn, nein, achtzehn. Aber Menschen gibt es noch mehr. Sieben Milliarden. Da müßte jeder von uns so rund dreihundertfünfzig Millionen übernehmen. Dunkelblöe ganz Amerika, ich das halbe Afrika. Wie soll das gehen. Heute müssen wir uns entscheiden. Ich habe mich für Nana entschieden. – So. Dann will ich mal. Tschüß!« Er stand auf, legte grüßend eine Hand an den Zipfelmützenrand, wandte sich um und marschierte los. – Wir sprangen alle auch auf und schrien wild durcheinander. »Grünsepp! Bleib hier! Bist du wahnsinnig? Das kannst du doch nicht machen!« Der gelbe Grünsepp brach in Tränen aus. Himmelblöe alt rang nach Luft. Bös neu, der als einziger nicht stand, zog sich an Dunkelblöe hoch, der heftig betete. Neu Lochnas stand mit offenem Mund da. Und ich rannte hinter Grünsepp drein und rief: »Dumpf wenigstens noch einmal!«

Grünsepp blieb stehen. Er wandte sich um. Es gab in dieser Kellerhalle nicht viele Ziele, auf die er hinaufdumpfen konnte. Es gab eigentlich nur die Brüstung der Luke, durch die – hoch, sehr hoch oben – das Licht floß. Zu hoch für ein Dumpfen, bei dem er nicht Kopf und Kragen riskierte. Zudem stand er bereits weit im Raum drin und mußte einen Bogen springen. Grünsepp sah das auch, ging einmal in die Knie und dumpfte ohne weitere Präliminarien los. Wir standen atemlos. Noch einmal diese Anmut zu sehen! Er sprang mit einer unfaßbaren Selbstverständlichkeit, tatsächlich schräg über uns hinweg, so daß wir alle gemeinsam, wie die Zuschauer eines Tennisspiels, die Köpfe wandten, um seinem Flug hinterherzusehen. Zwanzig, dreißig, sechzig Mal landete er in den genau gleichen Fußmarken und schwebte gleich wieder zur Lukenbrüstung hoch, von der er sich mit einem federleichten Fußstupser wegstieß. Unglaublich!

Herrlich! Irgendwann – wir hatten jedes Zeitgefühl verloren – federte er seine Landung aus, stand da, ohne auch nur ein bißchen heftiger zu atmen, und deutete eine Verbeugung an. Ein tosender Applaus brach los. Ich hatte Tränen in den Augen und sah Grünsepp, diesen heiligen Grünsepp, nur noch durch einen Wasserschleier. Er strahlte, Grünsepp, das sah ich trotzdem. Er sagte etwas, aber wir waren so laut, daß ich ihn nicht verstand. »Wir werden uns nie mehr sehen«?, war es das?, oder »Ich liebe euch«? Jedenfalls ging er jetzt wieder auf die Tür zu, hob, ohne zurückzuschauen, noch einmal eine Hand und verschwand. Wir winkten noch eine Weile lang und ließen dann die Hände sinken. – Dann standen wir einfach nur so da. Jeder tat, was er tat, nichts, und plötzlich hörte ich mich sagen: »Ich muß jetzt auch.« Ich wußte noch kaum, was ich mußte, und tat doch bereits die ersten Schritte. »Uti«, sagte ich zu Grausepp, der, rückwärts natürlich, neben mir herlief. »Ohne mich schafft er es nie.«
»Du hast doch uns!« sagte Grausepp, und Dunkelblöe, der meine Worte auch gehört hatte, rief in meinen Rücken hinein: »Uti, an den denken wir schon lange nicht mehr. Aus. Schluß. Fertig.« – »Ja«, echoten alle andern. »Fertig, Schluß, aus.«
Ich drehte mich nicht mehr um. Meine Kollegen

standen am Rand ihres Lichtvierecks, mit zum Winken erhobenen Händen, und sahen mir nach, wie ich, kleiner werdend, über den Hallenboden ging und, ein ferner Punkt geworden, in der Tür verschwand, durch die auch Grünsepp gegangen war.

Urs Widmer im Diogenes Verlag

Vom Fenster meines Hauses aus

Prosa

»Elf Geschichten, siebzehn Bildnisse von Dichtern, acht Schweizer Dialoge sowie zwanzig Berufe vom ›Meister im Knüpfen bunter Erzählteppiche‹.«
Die Zeit, Hamburg

»An seinen besten Stellen ist Widmer phantastisch und realistisch in einem.« *Neue Zürcher Zeitung*

Schweizer Geschichten

Der Erzähler schwebt mit einer dicken Frau und einem Piloten im Ballon über das Land der Eidgenossen und landet da und dort in verschiedenen Kantonen. Er erzählt vom schweizerischen Familienleben, von den Gasthäusern, von Originalen und Streckenwärtern, Skitouristen und Liebespaaren.

»Aberwitziges Panorama eidgenössischer Perversionen, und eine sehr poetische Liebeserklärung an eine – allerdings utopische – Schweiz.« *Zitty, Berlin*

Liebesnacht

Erzählung

Im Elsaß sitzen die Freunde beisammen. Über die Felder kommt der Ewige Egon zu ihnen gewandert und setzt sich dazu. Alle trinken und erzählen sich wahnsinnig schöne Liebesgeschichten aus ihrem Leben.

»Ein unaufdringliches Plädoyer für Gefühle in einer Welt geregelter Partnerschaften, die ihren Gefühlsanalphabetismus hinter Barrikaden von Alltagsslang verstecken. In seiner leisen Melancholie ein optimistisches Buch für den, der an die hier so wirkkräftige Macht der Poesie glaubt.« *Barbara von Becker / Norddeutscher Rundfunk, Hannover*

Die gestohlene Schöpfung

Ein Märchen

Die gestohlene Schöpfung, selbst eine Schöpfung, ist modernes Märchen, Actionstory und ›realistische‹ Geschichte zugleich; und eine Geschichte schließlich, die glücklich endet.

»Widmers bisher bestes Buch.« *Armin Ayren / FAZ*

Der Kongreß der Paläolepidopterologen

Roman

»Ein poetisches Meisterstück. Das Finale der drastisch zarten Liebesgeschichte, das außer Widmer nur Handke und Hitchcock gemeinsam hätten erfinden können, gehört in der neueren Literatur zum Besten.«
Die Zeit, Hamburg

»Die mit überschwappender Phantasie und sich überschlagenden Einfällen erzählte Geschichte Gustav Schlumpfs, eines Instruktionsoffiziers der Schweizer Armee. Man kann sich bei der Lektüre dieses Romans ausgiebig amüsieren über die grotesken erotischen Abenteuer, die dem Helden widerfahren.«
Die Weltwoche, Zürich

Das Paradies des Vergessens

Erzählung

»Ein Schriftsteller schreibt über das Schreiben und nimmt den gesamten Literaturbetrieb auf die Schaufel. Endlich jemand, dem es gelingt, seine Nöte ohne Lar-

moyanz niederzuschreiben. Dabei ist das Buch ein kleines Meisterwerk sprachlicher Mimikry, weil Widmer in vielen Sprachen spricht. Der Text quillt über vor Geschichten, die geradezu en passant erzählt werden – ein Buch, das dem wunderbaren Reich der Phantasie entspringt und dabei äußerst formbewußt die verschiedenen Erzählebenen miteinander verschränkt.«
Anton Thuswaldner / Salzburger Nachrichten

Der blaue Siphon

Erzählung

»Wer kann heute noch glitzernde, glücksüberstrahlte Idyllen erzählen? Wer eine Geschichte über den Golfkrieg und die A-Bombe? Wer ein Märchen für Erwachsene? Und wer eine Liebesgeschichte über Lebende und Tote, die uns traurigfroh ans Herz geht? Die Antwort: Urs Widmer. Er kann all dies aufs Mal auf den siebenundneunzig Seiten seiner Erzählung *Der blaue Siphon*, die mir für zweieinhalb Stunden das Gefühl wiedergeschenkt hat, mit dem ich mich als Kind staunend in meinen liebsten Geschichten verlor, und die ich ohne Zögern ein Meisterwerk nennen würde. Und all das ist, eine Rarität in der deutschen Literatur, tiefsinnig und extrem unterhaltend zugleich.«
Andreas Isenschmid / Die Zeit, Hamburg

Liebesbrief für Mary

Erzählung

Die Geschichte dreier Liebender, auf ungewöhnliche Art, aus mehrerlei Sicht erzählt: das erste englische und das kurzweiligste Liebesgeständnis in der deutschen Literatur.

»Eleganter, lakonischer wurde in der jüngsten Literatur die Sprachlosigkeit der Liebe wohl nie in Sprache verwandelt.« *Peter Laudenbach / die tageszeitung, Berlin*

Die sechste Puppe im Bauch der fünften Puppe im Bauch der vierten
und andere Überlegungen zur Literatur

Grazer Poetikvorlesungen

Wie liest man als Autor andere Autoren? Wie richtet man sich in der Welt ein? Urs Widmers Buch ist ein anrührender Erfahrungsbericht, in dem er sich als Schriftsteller in der heutigen Zeit definiert. Fernab von jeder begriffsverliebten Philologie entsteht ein lebendiger Eindruck von demjenigen, der Literatur macht und liest: Urs Widmer erzählt in seinen 1991 gehaltenen Vorlesungen in bildreicher Sprache von Schriftstellern als Erinnerungselefanten, von ihrer Kassandra-Rolle, vom Schreiben als Widerstand gegen Unglück und Tod, dem Einfluß der eigenen Biographie, vom Jammer mit den Frauen, von befreiendem Humor.

»Eines der schönsten Bücher, das in den letzten Jahren über Literatur, schreibende Menschen und ihre Leser geschrieben worden ist, ein lebenskluges, warmherziges Buch.« *Michael Bauer / Neue Zürcher Zeitung*

Im Kongo

Roman

Der Altenpfleger Kuno erhält einen neuen Gast: seinen Vater. In der Abgeschiedenheit des Altersheims kommen sie endlich zum Erzählen. Kuno glaubte immer, sein Vater sei ein Langweiler, ohne Schicksal und ohne Geschichte – bis er mit einemmal merkt, daß dieser im Zweiten Weltkrieg einst Kopf und Kragen riskiert hat. Sein greiser Vater hat ein Schicksal, und was für eins! Diese Erkenntnis verändert Kunos Leben. Eine Reise in die eigenen Abgründe beginnt, in deren Verlauf es ihn bis in den tiefsten Kongo verschlägt. Sehnsüchte werden wach und Träume wahr: Jene lockende Ferne, die einst als Herz der Finsternis galt, wird zum abenteuerlichen Schauplatz von Wahnwitz, Wildheit und innerer Bewährung.

»Was die Erzählplanung, die Vernetzung der Motive, die Spiegelungen und Echos, die strategische Anlage der Geheimnisse und ihrer Auflösung betrifft, stößt Widmer in diesem Roman zu einer neuen Meisterschaft vor.« *Peter von Matt / Die Zeit, Hamburg*

Vor uns die Sintflut

Geschichten

Urs Widmer, Komödiant, Poet, Satiriker, warnende Kassandra, zieht in diesen einundzwanzig Geschichten alle Register. Neben heiteren Kaprizen, metaphysischen Märchen, Zeitreisen in die Zukunft finden sich Geschichten, die auf die traumatischen Tragödien des 20. Jahrhunderts anspielen.

»Bei allem Spott, bei allem Gelächter, bei aller Trauer, bei allem Wahnsinn: in jeder Zeile spürt man, daß Widmer ein Humanist ist, ein Liebender.«
René Freund / Wiener Zeitung

Der Geliebte der Mutter

Roman

Als sie ihn kennenlernt, in den zwanziger Jahren in der Stadt am See, ist sie jung und schön und reich, er dagegen ein mittelloser, junger Mann, der nur eines im Kopf hat: Musik. Am Ende ihres Lebens ist er ein berühmter Dirigent und der reichste Mann des Landes und sie ohne Geld und immer noch und immer mehr von einer Liebe zu ihm umgetrieben, von der weder er noch sonst jemand etwas weiß.
Der Geliebte der Mutter ist die Geschichte einer stummen, besessenen Leidenschaft, aufgezeichnet von ihrem Sohn. Es ist der Bericht einer Lebenstragödie, aus einer Distanz erzählt, in der sich der Schmerz schon fast wieder in Heiterkeit verwandelt hat.

»Eine große, anrührende Geschichte … Ein grandioses kleines Buch, verpassen Sie es nicht, bitte.«
Elke Heidenreich / Westdeutscher Rundfunk, Köln

Das Geld, die Arbeit, die Angst, das Glück.

Kolumnen – kurze Texte, die mit unserem Common sense sprechen – und Essays, die uns etwas mehr Raum und Zeit geben, um über ihren Gegenstand nachzudenken, von großer Vielfalt und Intensität.

»Urs Widmer ist wie immer gescheit, analytisch und am Puls der Zeit. Die Texte sind so geistvoll und ironisch, daß sie das Lesen und Denken zum lustvollen Unterfangen werden lassen.«
Roger Anderegg / SonntagsZeitung, Zürich

Das Buch des Vaters

Roman

Das Buch des Vaters ist die Aufzeichnung eines leidenschaftlichen Lebens, von der Liebe zur Literatur bestimmt. Von den großen Utopien, Hoffnungen und Enttäuschungen des 20. Jahrhunderts. Und von der Liebe zu Clara Molinari, einer geheimnisvollen Frau.

»*Das Buch des Vaters* von Urs Widmer ist eine literarische Liebeserklärung – und eine späte Wiedergutmachung. Aller familiären Tragik zum Trotz schlägt Urs Widmer einen ironisch-heiteren Ton an und verknüpft dabei geschickt Familienchronik und Zeitgeschichte. Als der Vater schließlich stirbt, ist der seltsame Herr, der seinen kleinen Sohn ›mit der Zigarette im Mund‹ zu küssen pflegte, nicht nur dem Autor ans Herz gewachsen, sondern auch dem Leser.«
Martin Wolf / Der Spiegel, Hamburg

»Ein Buch, das man mit großem Vergnügen liest.«
Mario Adorf / Lesen!, ZDF

Ein Leben als Zwerg

Ein Zwerg ist der Held – ja sogar der Autor – dieses Buches. Ein kleiner Zwerg aus Gummi, wie man ihn in einem Spielwarenladen kaufen kann. Sein Geheimnis ist, daß er, wenn kein Mensch ihn anschaut, lebt. Sich bewegen kann, denken, fühlen. Er begleitet Uti – jenen Jungen, der ihn mit seinem liebenden Blick erst lebendig gemacht hat – durchs Leben (Utis Leben), lebt sein Zwergenleben, während der Junge erwachsen wird und ein Mann, ein fast schon alter Mann.

»Es ist, als könnten Widmers dichtgeknüpfte Erzählteppiche fliegen, und sie entführen den Leser, nehmen ihn mit auf seltsame Forschungsreisen, abenteuerliche Fluchten oder verstricken ihn in traurig-schöne Liebesgeschichten.«
Thomas Wagner / Frankfurter Allgemeine Zeitung

Shakespeares Königsdramen

Nacherzählt und mit einem Vorwort von Urs Widmer
Mit Zeichnungen von Paul Flora

Shakespeares Königsdramen sind Politthriller, Familiensaga und Geschichtspanorama in einem: Verrat, Intrige, Mord und Krieg beherrschen den englischen Hof, und eine nicht enden wollende Blutspur begleitet den Gang der Krone.
Doch das eigentliche Drama mit Shakespeares Dramen ist zumeist ein persönliches: Man nimmt sich das ganze Leben lang vor, sie eines Tages zu lesen… und tut es dann doch nicht. Urs Widmer hingegen hat Shakespeares Königsdramen nicht nur gelesen, er hat sie auch kurz und wunderbar spannend nacherzählt – und so nebenbei große Literatur in kleine erzählerische Kostbarkeiten verwandelt.

»Ein Lesevergnügen. Widmers zu atemberaubendem Tempo gesteigerte Prosafassungen von Shakespeares Dramen sind geistvolle Meisterwerke.« *Basler Zeitung*

Hugo Loetscher im Diogenes Verlag

»Hugo Loetscher ist zweifellos der kosmopolitischste, der weltoffenste Schriftsteller der Schweiz. Es weht ein Duft von Urbanität und weiter Welt in seinen Büchern, die sich dennoch keineswegs von den sozialen Realitäten abwenden, ganz im Gegenteil. Loetscher ist eine Ausnahmeerscheinung in der Schweizer Gegenwartsliteratur nach Frisch und Dürrenmatt. Eine Ausnahmeerscheinung ist er durchaus bezüglich der literarischen Qualität. Er ist es aber auch als Intellektueller: Eben weil es ihm gelungen ist, die kulturelle und politische Enge der Schweiz in ein dialektisches Verhältnis zu bringen. Und fruchtbar zu machen.«
Jürg Altwegg

Wunderwelt
Eine brasilianische Begegnung

Herbst in der Großen Orange

Noah
Roman einer Konjunktur

Der Waschküchenschlüssel oder Was – wenn Gott Schweizer wäre
Geschichten

Der Immune
Roman

Die Papiere des Immunen
Roman

Die Fliege und die Suppe
und 33 andere Tiere in 33 anderen Situationen. Fabeln

Die Kranzflechterin
Roman

Abwässser
Ein Gutachten

Der predigende Hahn
Das literarisch-moralische Nutztier. Mit Abbildungen, einem Nachwort, einem Register der Autoren und Tiere sowie einem Quellenverzeichnis

Die Augen des Mandarin
Roman

Vom Erzählen erzählen
Poetikvorlesungen. Mit Einführungen von Wolfgang Frühwald und Gonçalo Vilas-Boas

Der Buckel
Geschichten

Lesen statt klettern
Aufsätze zur literarischen Schweiz

Es war einmal die Welt
Gedichte

In alle Richtungen gehen
Reden und Aufsätze über Hugo Loetscher. Herausgegeben von Jeroen Dewulf und Rosmarie Zeller

Martin Suter im Diogenes Verlag

Martin Suter, geboren 1948 in Zürich, ist Schriftsteller, Kolumnist und Drehbuchautor. Bis 1991 verdiente er sein Geld auch als Werbetexter und Creative Director, bis er sich ausschließlich fürs Schreiben entschied. 1997 erschien sein erster Roman *Small World*. Seine Kolumne ›Business Class‹ für die Schweizer *Weltwoche* und das *Magazin* des *Tages-Anzeigers* und die Geschichten um Geri Weibel für das NZZ-*Folio* erfreuen sich großer Beliebtheit. Suter lebt mit seiner Familie in Spanien und Guatemala.

»Martin Suter, Autor süchtig machender Kolumnen, spielt virtuos auf den Klaviaturen unterschiedlichster Textsorten. Wie ein an Hitchcock geschulter Thriller-Regisseur wiegt der Autor seine Leserschaft in Sicherheit, um in der Peripetie umso hinterhältiger zuschlagen zu können, auch um den moralisch zweifelhaften Schluß umso schillernder offenzulassen.«
Urs Steiner/Neue Zürcher Zeitung

Small World
Roman

Die dunkle Seite des Mondes
Roman

Business Class
Geschichten aus der Welt des Managements

Ein perfekter Freund
Roman

Business Class
Neue Geschichten aus der Welt des Managements

Lila, Lila
Roman

Richtig leben mit Geri Weibel
Sämtliche Folgen

Huber spannt aus
und andere Geschichten aus der Business Class

Der Teufel von Mailand
Roman
Auch als Diogenes Hörbuch erschienen, gelesen von Julia Fischer

Unter Freunden
und andere Geschichten aus der Business Class

Hartmut Lange im Diogenes Verlag

Hartmut Lange, 1937 in Berlin-Spandau geboren, studierte an der Filmhochschule Babelsberg Dramaturgie. Er lebt in Berlin und schreibt Dramen, Essays und Prosa. 1998 wurde er mit dem Literaturpreis der Konrad-Adenauer-Stiftung ausgezeichnet.

»Hartmut Lange hat einen festen Platz in der deutschen Literatur der Gegenwart. Dieser Platz ist nicht bei den Lauten, den Grellen, den Geschwätzigen, sondern bei den Nachdenklichen, bei denen, die Themen und Mittel sorgfältig wählen.« *Kieler Nachrichten*

»Die mürbe Eleganz seines Stils sucht in der zeitgenössischen Literatur ihresgleichen.«
Frankfurter Allgemeine Zeitung

Die Waldsteinsonate
Fünf Novellen

Die Selbstverbrennung
Roman

Das Konzert
Novelle

Tagebuch eines Melancholikers
Aufzeichnungen der Monate Dezember 1981 bis November 1982

Die Ermüdung
Novelle

Vom Werden der Vernunft
und andere Stücke fürs Theater

Die Stechpalme
Novelle

Schnitzlers Würgeengel
Vier Novellen

Der Herr im Café
Drei Erzählungen

Eine andere Form des Glücks
Novelle

Die Bildungsreise
Novelle

Das Streichquartett
Novelle

Irrtum als Erkenntnis
Meine Realitätserfahrung als Schriftsteller

Gesammelte Novellen
in zwei Bänden

Leptis Magna
Zwei Novellen

Der Wanderer
Novelle

Der Therapeut
Drei Novellen

Bernhard Schlink im Diogenes Verlag

»Schwungvoll geschriebene, raffiniert gebaute Romane, in denen die politische Aktualität und die deutsche Vergangenheit präsent sind.«
Dorothee Nolte / Der Tagesspiegel, Berlin

»Bernhard Schlink gehört zu den Autoren, die sinnlich, intelligent und spannend erzählen können – eine Seltenheit in Deutschland.«
Dietmar Kanthak / General-Anzeiger, Bonn

»Bernhard Schlink gelingt das in der deutschen Literatur seltene Kunststück, so behutsam wie möglich, vor allem ohne moralische Bevormundung des Lesers, zu verfahren und dennoch durch die suggestive Präzision seiner Sprache ein Höchstmaß an Anschaulichkeit zu erreichen.« *Werner Fuld / Focus, München*

»Bernhard Schlink ist ein sehr intensiver Beobachter menschlicher Handlungen, seelischer Prozesse. Man liest. Und versteht.«
Wolfgang Kroener / Rhein-Zeitung, Koblenz

Die gordische Schleife
Roman

Selbs Betrug
Roman

Der Vorleser
Roman
Auch als Diogenes Hörbuch erschienen, gelesen von Hans Korte

Liebesfluchten
Geschichten
Die Geschichte *Der Seitensprung* auch als Diogenes Hörbuch erschienen, gelesen von Charles Brauer

Selbs Mord
Roman

Vergewisserungen
Über Politik, Recht, Schreiben und Glauben

Die Heimkehr
Roman
Auch als Diogenes Hörbuch erschienen, gelesen von Hans Korte

Vergangenheitsschuld
Beiträge zu einem deutschen Thema

Bernhard Schlink & Walter Popp
Selbs Justiz
Roman

Sibylle Mulot im Diogenes Verlag

»Willkommen! Eine deutsche Autorin, die über Scherz, Satire, Ironie und Selbstironie verfügt: Qualitäten, die nahezu angelsächsisch anmuten.«
Kyra Stromberg / Süddeutsche Zeitung, München

»Nicht selten hört man die Klage, daß die deutsche Gegenwartsliteratur besonders arm sei an gut geschriebenen und unterhaltsamen Büchern, die gedanklich gleichwohl nicht ›unter Niveau‹ gehen. Wenn dem so sein sollte, dann wäre dies ein Grund mehr, auf Sibylle Mulot aufmerksam zu machen.«
Helmuth Kiesel / Frankfurter Allgemeine Zeitung

»Die Autorin erzählt in einer Sprache, die glänzt und glitzert wie das Meer zur Hochsommerzeit.«
Nicole Hess / Tages-Anzeiger, Zürich

»Mulots Prosa wird von Buch zu Buch immer knapper, dichter und geschliffener.«
Martin Ebel / Neue Zürcher Zeitung

Liebeserklärungen
Roman

Das Horoskop
Erzählung

Die unschuldigen Jahre
Roman

Das ganze Glück
Eine Liebesgeschichte
Mit einem Hafis-Orakel im Anhang

Die Fabrikanten
Roman einer Familie

Die Unwiderstehlichen

Leon de Winter im Diogenes Verlag

Leon de Winter wurde 1954 in 's-Hertogenbosch als Sohn niederländischer Juden geboren und begann als Teenager, nach dem Tod seines Vaters, zu schreiben. Er arbeitet seit 1976 als freier Schriftsteller und Filmemacher in Holland und den USA. Seine Romane erzielen nicht nur in den Niederlanden überwältigende Erfolge; einige wurden für Kino und Fernsehen verfilmt, so 2000 *Der Himmel von Hollywood* (Regie: Sönke Wortmann) und 2003 *SuperTex* unter der Regie von Jan Schütte.

»Leon de Winter ist ein wunderbar phantasievoller Erzähler. Er liebt seine Figuren, hat ein herrliches Gespür für deren Entwicklungen und Abgründe und erzählt immer leicht und lakonisch.«
Joachim Knuth / Norddeutscher Rundfunk, Hamburg

»Leon de Winter, mittlerweile zum Kultautor avanciert, ist ein gewiefter Erzähler, der dem Leser die Tür nur einen Spaltbreit öffnet und in ihm eine unstillbare Neugierde auf das weitere Geschehen erweckt.«
Hans Christian Kosler

Hoffmans Hunger
Roman. Aus dem Niederländischen von Sibylle Mulot

SuperTex
Roman. Deutsch von Sibylle Mulot

Serenade
Roman. Deutsch von Hanni Ehlers

Zionoco
Roman. Deutsch von Hanni Ehlers

Der Himmel von Hollywood
Roman. Deutsch von Hanni Ehlers

Sokolows Universum
Roman. Deutsch von Sibylle Mulot

Leo Kaplan
Roman. Deutsch von Hanni Ehlers

Malibu
Roman. Deutsch von Hanni Ehlers

Place de la Bastille
Roman. Deutsch von Hanni Ehlers

Barbara Vine im Diogenes Verlag

Barbara Vine (i.e. Ruth Rendell) wurde 1930 in London geboren, wo sie auch heute lebt. Sie arbeitete als Reporterin und Redakteurin für verschiedene Magazine. Seit 1965 schreibt sie Romane und Stories, die verschiedentlich ausgezeichnet wurden.

»Barbara Vine alias Ruth Rendell ist in der englischsprachigen Welt längst zum Synonym für anspruchsvollste Kriminalliteratur geworden.«
Österreichischer Rundfunk, Wien

»Ihre Romane spüren den finstersten Besessenheiten, den Obsessionen, Zwängen und emotionalen Abhängigkeiten, den Selbsttäuschungen und Realitätsverlusten von Liebes- oder Haßsüchtigen nach. Barbara Vine: die beste Reiseführerin nach Tory-England und ins Innere der britischen Kollektivseele.«
Sigrid Löffler/profil, Wien

Die im Dunkeln sieht man doch

Es scheint die Sonne noch so schön

Das Haus der Stufen

Liebesbeweise

König Salomons Teppich

Astas Tagebuch

Schwefelhochzeit

Der schwarze Falter

Heuschrecken

Königliche Krankheit

Aus der Welt

Alle Romane aus dem Englischen von Renate Orth-Guttmann